U0043303

文豪酒癮診斷書

廖泊喬——著

目次

第貳篇 **將盡酒**

推薦序

奇怪的知識增加了

祁立峰
《讀古文撞到鄉民》作者

若提到古代關於酒的故事，我第一個想到的是《史記．滑稽列傳》裡的淳于髡。有次齊威王問他飲酒多少會醉呢？淳于髡回答：「臣飲一斗亦醉，一石亦醉。」齊威王聽了氣噗噗：「先生飲一斗而醉，惡能飲一石哉？」淳于髡於是開始解釋：平常大王賜我喝酒，御史在旁，執法在側，我喝得戰戰兢兢，只敢喝一斗；但等到晚上「男女同席，履舃交錯，杯盤狼藉，堂上燭滅」，開始有一些色色的——不是，我是說開趴的氣氛時，我就可以喝到一石。

淳于髡的寓言主要在勸齊威王切莫縱飲無度，不過這個勸諫法可能不算科學，還有點搞笑的成分。此後專門描寫酒的文學作品，應該就是西漢鄒陽的〈酒賦〉。當然，這篇收錄在《西京雜記》的作品向來有偽託之爭，可能未必是鄒陽原著。而且〈酒賦〉與其說在寫酒，其實更在描寫宮廷宴飲的時刻，譬如「凝醳醇酎，千日一醒。……召皤皤之臣，聚肅肅之賓，安廣坐，列雕屏，綃綺為席，犀璩為鎮」等等。

到了六朝，士人狂喝縱飲就更常見了，我們熟悉很愛喝酒的劉伶因為老婆勸他戒酒，寫過一首〈酒德頌〉，還稱「天生劉伶，以酒為名，一飲一斛，五斗解酲。婦人之言，慎不可聽」。老婆是為了他好，他還在那邊講×話……簡直是欠罵！肯定已經酒癮入膏肓了。

廖泊喬醫師的新書《文豪酒癮診斷書》，從成癮與科學的角度來解釋詩詞裡與酒有關的故事，而且書裡聚焦的知名文士，如狂飲成性的李白、杜甫，以及試圖戒酒的白居易、辛棄疾、陸游等，都是我們熟悉的大詩人、大文學家。再結合廖醫師對於成癮醫學的研究，讓本書從體裁到架構、從發想到實踐，以文本作為立論基礎，展現出深入淺出的評述以及專業知識的分析，讓你對這些可能讀過、背過的唐詩宋詞，有了更科學的理解。

相對我等文學研究者通常從社會脈絡、外緣因素等來解釋古人飲酒的原因，生理性需求、成癮的病徵，則肯定是嗜酒的關鍵，但飲酒從心靈與想像世界來說，還有著逃讒避禍的厭世情結，或飲酒佯狂的避世嚮往，也就是這些生理與心理的因素交織，構成了一位詩人文豪多彩豐姿的樣貌。有張我很喜歡的迷因哏圖，是一隻喝到茫或嗑到ㄎㄧㄤ的貓咪，背後則是彩色底圖，底下文字說明「奇怪的知識增加了」，這正是我讀《文豪酒癮診斷書》一書的心得與體驗。

推薦序

樂見人文醫學跨出新領域

立法委員、臺大醫學院醫學系教授
中華民國醫師公會全國聯合會理事長
邱泰源

根據警政署資料統計，近幾年每年酒駕肇事皆超過四千件，我擔任立法委員期間，針對臺灣層出不窮的酒駕案件，尤其酒駕累犯與致人於死者，多次提案、連署相關法條，希冀提高刑責，以此有效阻卻酒駕違法行為。同時，根據國民健康署近幾年的調查資料，臺灣目前超過四十萬未成年者曾接觸酒精飲料，為了避免未成年人飲酒、減少兒童與青少年接觸酒精的機會，我在二〇一八年領銜提案修正了相關兒少權益法法條。無論是飲酒酒駕、青少年飲酒，對於國人身心健康皆有重大影響。

很高興看到年輕優秀的醫學後輩願意投入心力，透過科普方式，向社會大眾介紹基本而重要的醫學概念與成癮相關知識。本書作者廖泊喬是精神科與成癮科醫師，他非常有創意，將古代詩詞與自身專業結合，風趣而幽默地從詩詞當中帶出酒駕的影響與目前我國的酒駕法令，而針對青少年飲酒，他也用文學家李清照的詩詞變化，進一步分享其特點。身為中華民國醫師公會全國聯合會理事長，我多次呼籲近年的研究顯示少量飲酒對心血管有好處的觀念已不再適用，適量飲酒具有保護效果的證據力不足。而廖醫師也在不同篇章中，找到詩詞中提到的酒的作用，娓娓提出飲酒的影響。

非常高興看到這本書問世，廖醫師以大家熟悉的古人作為例子，旁徵博引各種詩詞資料，許多還是耳熟能詳、國高中課本會出現的文學作品，並用輕鬆的口吻面對全國讀者，帶著同理心看待飲酒的古人，深入淺出提出「飲酒問題篩檢問卷」與戒酒方法等專業主題。本書總共十七篇文章，從飲酒到戒酒，循序漸進，篇章完整，知識豐富。作者嘗試跨出了醫學領域，與不同領域相結合，期待讀者一同輕鬆閱讀外，也可以對醫學與成癮科學有不同想法，樂見本書能抛磚引玉，讓人重新看待酒精，成為臺灣社會重視的議題！

推薦序

唯有「癮」者留其名

故事 StoryStudio 主編

胡芷嫣

還記得約莫兩年前，一個快要下班的傍晚，收到了一封寄給故事編輯部的陌生投稿信。投稿者先是禮貌地自我介紹是位成癮防治科醫師，接著說明文章主題是有關宋代詞人柳永的飲酒。我記得當時光是讀到投稿說明，立刻眼睛一亮——是的，你猜對了，這封讓人興奮的信，就是出自泊喬之手。想不到這封信就這樣成為「故事 StoryStudio」和作者廖泊喬接下來精采旅程的起點。

「故事 StoryStudio」的理念是從生活中發現歷史，而「酒」不但是生活的一部分，還是人類文明非常重要的一部分。從希臘酒神信仰，到二〇二一年奧斯卡最佳外語片《醉好的時光》（DRUK），兩千多年來，人類和酒精，始終這麼難分難捨。泊喬書寫一系列唐宋文士和酒精共處、搏鬥的故事，不管你生活在哪個時空，看了應該都會心有戚戚焉：東坡釀酒，清照拚酒，淵明醉酒……原來這些課本上的人，都具有和你我一樣的共通人性，我們都有脆弱的片刻、疑惑的片刻、不顧一切狂歡謳歌的片刻。在今朝有酒今朝醉後，發現覺來幽夢無人說。

泊喬詮釋得好：「不知不覺忘卻身體形骸，甚至忘記世俗官位，神遊體外彷彿到了遠古的華胥國，又好像回到天地混元的初始之時。」即使遠在千年之外，當酒精流淌在血液裡，整個人彷彿被還原到初始設定而特別「人性」的時刻，卻是貫穿古今的感同身受。以至於在泊喬的書寫裡，讓人訝異酒精的作用竟和詩歌如此接近。

還有另一件讓人訝異的事。和一般想像相反，我一直認為寫作與其說是一種天生才華行雲流水般的神祕禮物，更接近某種心智的勞動。身體肌肉的鍛鍊，靠的是穩定持續的練習和挑戰，「寫作」這件事也是，養成勤奮規律的寫作習慣，是精進這門技藝的唯一方法。而泊喬正是寫作訓練的模範表率——這一年來，他在忙碌的看診工作之餘，竟然還能維持文章產量，令人疑惑醫生到底哪來這麼多時間？除此之外，他切換融合醫學知識和古典詩詞的跨領域書寫功力，也在一篇一篇文章中，愈顯游刃有餘、爐火純青。

因此非常興奮、也衷心恭喜，這一系列書寫終於付梓問世，為這段共同旅程帶來一個難忘的紀念。泊喬從一位精神科醫師的專業角度，結合文人生命歷程和詩詞，描繪出一幅又一幅跨越古今的「酒飲／酒癮」圖卷，既客觀又同理，從科學出發，最後直抵人性。都說古來聖賢皆寂寞，唯有飲者留其名，或許在這本書之後，過去與未來的「癮」者，也開始有了自己的一席之地。

推薦序

對酒當歌，人生幾何！

臺北市立聯合醫院松德院區成癮科主任
臺北醫學大學醫學系精神學科兼任教授
臺灣酒駕防制社會關懷協會常務理事
黃名琪

酒精，從石器時代以來，已經情繫人類超過一萬年了！它的用途廣泛，舉凡宗教儀典、醫藥目的（如消毒止痛）或社交活動，都佔有一席之地；它的面貌多變，可以帶來歡樂、解愁、放鬆、展威，也會造成失控或暴力；它的觸角多元，不僅與婚喪喜慶、春夏秋冬、喜怒哀樂共影，也常入詞於梅蘭竹菊、日月星辰和風霜雨雪；它的出入幻化、穿梭無界，對歷史文化與經濟發展的影響又深又遠。

酒精是生活中除了咖啡或菸草最常見的成癮物質，古籍篇章早已呈現了古文明對其潛藏成癮問題的隱憂。雖然人們知道酗酒會帶來各式各類的社會或健康問題，但是以「疾病」的角度來看待長期酗酒，根據記載，最早是一七八四年的班傑明・羅斯（Dr. Benjamin Rush），他提出長期酗酒是醫師應該治療的問題。一八四九年，瑞典首先提出「酒癮」（alcoholism）一詞，約在同期，醫學開始研究酒癮，一八九二年，萊斯利基里（Leslie Keeley）學院的見解「醫療，而非處罰式介入，改革了酒癮者的人生」，牢牢掌握了後續的科學發展。事實上，酒癮是最早被科學性研究和治療的精神疾病之一。

時至今日，拜科學之賜，我們比較清楚酒癮是一個腦部生理機轉病變的現象，再也不是以一個模糊又抽象的「心理疾病」概念略以待之。「心理」一詞，指的就是腦部功能（不是心臟功能）的表現。簡而言之，其係因負責樂趣的酬償中樞過度活化，而負責控制衝動的理性中樞過度弱化，造成一個「油門有力、煞車不靈」的神經迴路系統，同時對尋常樂趣感受無聊，並對尋常壓力反應過度。酒癮的發展歷程大抵會隨著生命階段而有所改變，種種原因讓酒癮在臨床症狀上之樣態百變，因此若要能夠確實掌握個案的表現，需要長期的專業培養，熟習相關症狀，區辨問題所在。本書作者廖泊喬醫師，不僅符合了這些要求，也在這個酒癮治療的領域展現難能可貴的使命感。

廖醫師完成精神科專科訓練後，在二〇一九年夏來到本院接受大多數人望之卻步的成癮醫學次專科訓練。松德院區於一九九五年成立成癮防治科之後，在許多前輩醫師的努力下逐步穩定發展，包括陳喬琪醫師、林式穀醫師、束連文醫師，是北臺灣成癮專業人才的訓練搖籃。訓練期間，廖醫師在繁重的臨床工作中快速累積自身經驗，也透過研究與教學，不間斷地自我精進，曾經代表臺灣南向至印尼，講演酒藥癮之治療原則。不管是例行的案例研討或科學文獻回顧，廖醫師憑著優秀的統整能力，總可將心得落筆速速。然而，其心中甸甸沉沉的是如何將所學緊接地氣，翻轉為大眾理解的語言。

猶記一次在病房，我嘗試以陶淵明飲酒歷程以及後續產生之社會心理問題，作為學生探討酒癮之教材，說明酒癮之慽古今中外皆然，未料觸發廖醫師心中蟄居許久的詩情文意。廖醫師斐然的文采，已受多項獎項肯定，不在話下，但其情抒外又能理切，剔抉眾多資料，撥分詞中細節，涵容專業批判於其中，實令人瞠乎其後。他透過流暢的敘事能力，描繪出每位文人獨特的人生故事，再以活潑的布局導引讀者「觀察」飲酒之各類變化，這種貫穿古今、交織文學與科學的能力，依賴的不只是才情或天賦，更需要創新的黠慧（以全新觀點詮釋文詩中綻露的線索），以及富有挑戰的膽識（畢竟扣上酒癮的帽子，似乎連結了刻板的負面烙印，難為大眾接受）。

本書由「將進酒」談到「將盡酒」，帶讀者領會飲酒到酒癮到戒酒的歷程，同時也加入了青少年和女性專欄，以及酒駕議題。由於行為之發生乃根源於腦部功能之運作，廖醫師除了站在醫者角度循循提醒各類身體的併發症（如糖尿病），更以生花妙筆從容地介紹各類酒癮「症狀」（如戒斷現象、失眠、失憶、失智等），深入淺出地連結這些「症狀」和腦部功能失調的關係，並俏皮幽默地介紹各類酒癮治療方法。

欣見廖醫師出書，這個文學與醫學的跨界作品，嶄新而前衛地將科普妝點出生動的美麗。在詩章中，我們似乎了貼近每位大師的生命，事實上，成癮治療的精髓，也是從每位個案獨特的生命討論出發，共振出改變的能量，彷彿「對酒當歌，人生幾何」，這裡的酒不再是杯中物，而是酒精溶解下生命的歷歷回影。

參考資料

White, W. (1998) *Slaying the Dragon: The History of Addiction Treatment and Recovery in America*, Bloomington IL: Chestnut Health Systems

楔子

從故宮國寶的發現談起

——三千年前就有的勸人戒酒文

本書一開始，將先帶領大家找出故宮博物院的一只酒器——「召卣」。這裡面藏著什麼重要的密碼？要怎麼解讀？刻在這個容器上又是什麼含意？我們先來當一回偵探，一同解密，一步步去追查這個有趣的線索吧！

你勸過人喝酒嗎？

「來吧，別掃興，一起來喝吧！」

不只你勸過，唐宋文豪也都說過類似的話。李白要你「將進酒」[1]，乾杯吧；孟浩然則準備好要促膝長談，「把酒話桑麻」[2]；當王維緩緩道出「勸君更盡一杯酒」[3]，蘇軾也舉著酒杯說：「明月幾時有，把酒問青天。」[4]一首接著一首，大家都勸著你呢。這些過去讀到的詩詞，仔細一看，總是離不開酒。

那麼勸人不要喝酒的話，你也說過嗎？

李白「將進酒」時，你說：「不要啦，別再喝了！」孟浩然「把酒話桑麻」之際，來人說：「不能喝太多！再喝下去，健康會出問題。」當王維「勸君更盡一杯酒」，旁人卻說：「你每次都這樣講……」而當蘇軾感嘆「明月幾時有，把酒問青天」，卻有人回他：「其實不喝酒，也是可以賞月的啊。」

這些對話是不是也很熟悉呢？勸人停酒的話，在生活中似乎也時常出現，喝酒的人覺得沒有什麼，不過就放鬆、紓壓，不需小題大作；身旁的人卻覺得擔憂，但好說歹說，仍然無法讓人停下酒來，不知道還可以怎麼做，更別提一而再、再而三地處理酒後爛攤子，實在讓人無法承受。

歷史上，喝酒的趣聞軼事俯拾皆是，而勸人戒酒的故事則少了許多。飲酒行為不只影響一個人的身心健康，甚至影響一家人的經濟與安全，很多時候，飲酒者的親朋好友也不得不從旁勸誡。「勸人戒酒」的主題從古代就有，這本書的一開始，我們就要回到三千年前，一同看看器物與文獻中，最早勸人戒酒的故事！

故宮密碼——勸人戒酒的文字

酒的發明，最早可追溯到七千多年前的神農氏，或夏禹時的儀狄造酒。起初，酒僅僅在祭祀、饗神等特殊場合中使用，到了殷商時，貴族普遍飲酒，酒因而扮演著越發重要的角色。

商人好飲酒，因此周滅商後，就出現了勸人戒酒的史料。史書的記載，最早可以推回到三千年前的西周時代，但大家絕對想不到，國立故宮博物院的國寶，竟然就留有清清楚楚的「戒酒」證據！讓我們到故宮博物院「吉金耀采——院藏銅器精華展」的青銅器常態展間，找出這件美麗的西周文物——召卣（卣，音「有」，古代一種盛酒的器具）吧。

根據考據，召卣是西周早期盛酒的青銅器。這個大酒壺上頭的獸面紋和夔龍紋栩栩如生，尤其兩旁提把處有像是鹿頭或龍頭的紋路，非常華麗。而最特別的地方是上面刻的字，有著簡簡單單的七字銘文。這字刻在哪裡呢？翻遍壺身找不到，壺蓋、壺底的表面也沒有，最後才發現是在壺蓋的內側。

我們來試著解讀看看，第一個字是「召」，這個「召」字很長，佔了一半的比例，根據研究，指的應是「召公奭」的「召」，而這位召公奭是大家熟識的周公兄弟，因此推測文物年代是在西周早期。

重點來了，「召」字的下面還有六個文字（符號），或連、或斷、或折角，這是什麼意思呢？

原來這是六個數字「六一八六一一」，合起來便是「召六一八六一一」，這些數字代表什麼？又和戒酒有什麼關係？

這六個數字透過《易經》解密，成為一個卦象，卦名為「節」[5]。「節」指的是「節制」，若是水滿出來了就應當調節，引申為若是人的所作所為超過了，就應當節制，因此，這是在告誡君王應適可而止。而這個「節」字出現在酒器上，不就是在表達「飲酒要

蓋上銘文

（圖片提供：國立故宮博物院）

召卣

（圖片提供：國立故宮博物院）

節制」？古人隱密地在酒器壺蓋內側刻寫「節」字，實在讓人充滿想像。會不會是當時喝酒時，侍者一邊將壺內美酒舀給君王，一邊將壺蓋舉起，字面向著飲酒者作為提醒？有些人猜測，這個蓋子倒過來就成了大酒杯，侍者會從壺中舀酒倒在杯中，供君王飲用。當君王一口接著一口，高高興興地喝下肚，正準備「再來一杯」時，大臣們便想提醒他：「皇上，不能再喝了（再喝，就像商王一樣，國家會滅亡的）。」然而，若是真的開口勸誡，就得冒著公開犯上的風險，這太危險了。正當大家不知該如何是好時，喝完酒的君王看到了杯面上的七個大字，「召六一八六一一」，就像聽到了先王或是大臣的聲音：「皇上，喝酒要節制啊！」只好悻悻然作罷。

欣賞了最早的節酒器物之後，大家是否也想知道，除了文物外，最早勸人戒酒的文字是什麼？一如召卣，這次我們同樣要看看西周早期的文獻。

〈酒誥〉詔告天下——無彝酒

周武王牧野誓師伐商紂之後，周公攝政平定了管蔡之亂，大概就在同時，頒發了文獻中最早可考的第一部禁酒令。

那就是《尚書‧周書》中的〈酒誥〉（誥，音「告」，古代用來告誡他人的文字），相傳是周公所寫，用來提醒周成王（周武王的兒子）以身作則、不要貪酒，別像殷商的君臣貴族一樣沉迷酒精、荒於政事，最終導致亡國。〈酒誥〉的文字鏗鏘有力，寥寥數語就講出了一番大道理。開頭兩段說道：

王若曰：「明大命於妹邦。乃穆考文王，肇國在西土。厥誥毖庶邦庶士，越少正、御事，朝夕曰：『祀茲酒。惟天降命，肇我民，惟元祀。天降威，我民用大亂喪德，亦罔非酒惟行；越小大邦用喪，亦罔非酒惟辜。』」

文王誥教小子、有正、有事：「無彝酒。」越庶國：「飲惟祀，德將無醉。」……

王這樣說：「我現在要在衛國宣布一項重大命令。當初文王在中原西方創建了我們的國家。他早晚告誡各國諸侯、各級官員說：『只有祭祀時才可以飲酒。上天降下命令，要勸勉我們臣民，只有在大型祭典時才能飲酒。上天降下懲罰，若是我們臣民作亂失德，沒有不是因為酗酒造成的。那些大小諸侯國的滅亡，也沒有不是因為飲酒過度造成禍害。』」

此外，文王還告誡擔任官職的子孫：「不要經常飲酒。」警惕在諸侯國任職的子孫：「只有祭祀時才可以飲酒，要用道德來約束自己，不要喝醉了。」

我們若一步步探究這篇〈酒誥〉，它在前文便提到「無彝酒」，也就是開宗明義提出「不要經常喝酒」的觀點，這不就是召卣「節」卦的「節制」之意嗎？

然而，所謂的「節制」是什麼意思？什麼時候才可以喝酒？喝酒時的酒量又該如何斟酌？

這在〈酒誥〉中也有解答。「德將無醉」，指的是若以道德作為標準自我約束，就千萬不要讓自己喝醉了；「祀茲酒」指的是祭祀的時候可以喝酒；「厥父母慶，自洗腆，致用酒」，孝敬父母時，準備豐盛的食物外，也可以喝酒，但若不是這些特別的日子，就要「剛制於酒」，強行禁止喝酒。

〈酒誥〉中的折衷精神

以現在的眼光來看，〈酒誥〉有著超越時代的折衷精神，它提出了飲酒「量」的限制，勸人不要過度喝酒；還有飲酒「頻率」的限制，勸人別經常喝酒；最後則是飲酒「時機」的建議，只有特殊場合與時間才能喝，除此之外，邊喝酒還得邊用「道德」來約束自己。

而〈酒誥〉誕生的原因，大概是西周時期看到了飲酒的壞處，認為殷商滅亡是因為紂王「惟荒腆於酒，不惟自息乃逸」，由於他放縱自己飲酒享樂而導致敗亡。周公時期即作〈酒誥〉一文，用這個前車之鑑來汲取教訓，提出「適量飲酒」的概念，用「禮教」約束人民，而不是全然禁止，也不是放縱人民酗酒。

然而，若能想喝就喝、想停就停，有這麼簡單就好辦了。本書想分享的，就是唐宋文人的喝酒樣態，他們的詩詞名作之中，提及了許多酒的特性和酒對自己的影響，其中，還有一些人發現了酒不為人知的一面！接下來，就讓我們一起重新認識大家熟悉的唐宋文人，以及他們與酒有關、充滿趣味的精采故事！

「故宮密碼」的現代轉譯——酒精成癮是一種慢性疾病！

喝酒，大多是自發行為，想喝的時候來一杯，自己可以控制，而且常常有它的目的所在。不論是聚會時、睡覺前、開心或壓力大的時候，酒在最初看似都能有不錯的效果，而反覆喝酒時，這些效果卻不盡相同。

至於酒精成癮，則是一種疾病，「喝酒」不一定會讓人成為「酒精成癮」者，一個人是否會成為酒精成癮者，基因可能佔部分原因。比如說，有些人喝酒就是比較容易臉紅、噁心、嘔吐等，這便可能和基因有關，會因為喝酒而不舒服，成為酒癮者的機會就會降低，這樣的基因反而成為保護因子，另外，根據研究，就算是具有家族遺傳史的人，也不會全部發展成酒精成癮者，因此，基因與遺傳只能解釋一部分酒精成癮的原因。

一個人的個性、生活壓力、周遭的親朋好友，都可能是造成酒精成癮的原因，而社會文化因素更是推波助瀾。這些因素會一點一滴地影響腦部神經，現代有許多影像學的證據顯示，酒癮是大腦某部分神經迴路的失調，因此，酒精成癮在現今社會中，應被視為一種慢性的生理疾病。

腦部結構並非一成不變，而是具有所謂神經可塑性（neuroplasticity），透過這個特性，重複的經驗與刺激可以加強或減弱神經之間的連結，長期下來會改變大腦的結構，而我們之所以到老仍能學習與記憶，就是經由神經可塑性不知不覺完成這些工作。

長期反覆飲酒會損害、甚至破壞大腦特定區域的細胞，藉由改變神經可塑性，造成神經迴路失調，同時，又因為這些失調位在大腦中，於是影響了大腦的「控制能力」與「判斷能力」，這些功能的改變會讓飲酒造成的結果更為複雜。影響控制能力，最具代表性的是「追酒」，本來沒打算要喝這麼多、明明知道不能再喝了，卻還是忍不住再沾上一口；影響判斷能力，最常見的則是「否認」（denial），除了淡化、合理化因酒精造成的負面影響之外，有些人對於旁人的勸告會比較沒有感覺，甚至會更進一步否認自己飲酒的行為。

換句話說，當我們聽到「再一杯就好」、「我才沒喝多少」、「我沒醉」、「我才沒有酒癮」時，就了解這是大腦神經迴路失調下的語言表現，而不小心就會喝到酒、一喝就停不下來，則是神經失調下的行為表現，如同其他生理疾病，酒精成癮是可以治療的，依照神經可塑性從經驗中學習的特性，甚至可以恢復。

當我們回到三千年前，無論是「昭告禁酒令」，或在酒壺寫上「節」字，這一聲聲「喝酒要節制」的呼喊，直到現今仍是四方共鳴。酒精會影響「控制能力」與「判斷能力」等核心能力，這也是為什麼無論自己意志力多麼堅定，或外在的防範策略多麼完備，戒酒仍舊是從古到今難以處理的議題。由於其影響廣泛，酒精成癮不只是個人須面對，同時也是社會必須一同思考的難題。

第壹篇
將進酒

來吧，一起來喝酒！

聽到李白大聲呼告了嗎？第壹篇的登場人物都是赫赫有名的唐宋文豪，從他們的詩詞中，我們發現了酒的各種面貌！

大家都什麼時候喝酒？為什麼他們都愛酒？酒有什麼作用與影響？男女老少喝酒，又有什麼差別？

就讓我們從成癮科學的角度來了解吧！

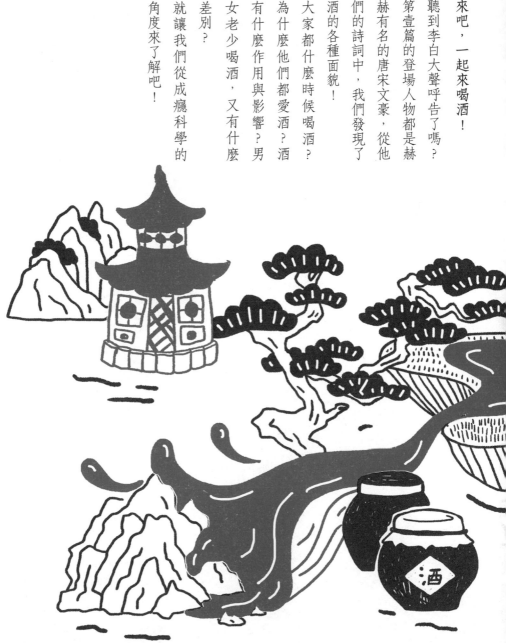

一

來嘗一口我釀的酒，這次保證不拉肚子！

——北宋文豪蘇軾釀的酒裡加了什麼？

時間要從西元前一千年的西周，轉換到西元後一千年的北宋，我們一同來瞧瞧，兩千年後的文學巨擘蘇軾與酒之間微妙的緣分。對於釀酒這件事，蘇軾充滿了實驗精神，屢敗屢戰，永不放棄——他究竟都釀了些什麼酒呢？

蘇軾不只愛釀酒，更愛喝酒，他和大家一樣，喜歡微醺的美好狀態，那麼他的酒量又如何？來看看蘇軾怎麼釀酒，也替他算算到底可以喝多少吧！

一〇七九年（北宋元豐二年），四十四歲的蘇軾步入中年，經歷了人生中最艱險的一場試煉——烏臺詩案，他雖然幸運地保住了性命，卻也被朝廷貶謫至黃州擔任團練副使，不僅無法簽署公事，更是哪兒也去不了。煩悶之餘，他寫下了〈寒食帖〉、唱出了〈念奴嬌．赤壁懷古〉、作了前後〈赤壁賦〉，這些都記錄了蘇軾人生觀的領悟與轉變。

而這些轉變不只出現在文章裡，更體現在他的生活中。不說其他，在黃州生活了四年的蘇軾，於那樣沉鬱的心境、那般辛苦的外在條件下，學做了蜂蜜酒，這是他於文學紀錄中第一次製酒。

人生一大低潮，貶謫黃州只好來釀蜂蜜酒

真珠為漿玉為醴，六月田夫汗流泚。不如春甕自生香，蜂為耕耘花作米。一日小沸魚吐沫，二日眩轉清光活。三日開甕香滿城，快瀉銀瓶不須撥。……先生年來窮到骨，問人乞米何曾得。世間萬事真悠悠，蜜蜂大勝監河侯。（〈蜜酒歌〉）

蘇軾從好友楊世昌那兒獲悉釀酒方法後，腹中酒興引動詩心，於是援筆寫成這首蜜酒歌。

當中提到白米如同真珠一樣珍貴，但他沒有米、也不捨得用，所幸「蜂為耕耘花作米」，因此他就用了現成的蜂蜜，經過小火煮沸、攪拌，僅需三天，蜂蜜酒就香氣四溢了。而且這酒的作法不複雜，甚至不需要過濾、瀝酒渣，「三日開甕香滿城」，三天後到處都聞得到酒香呢！

縱然興奮地做出了蜂蜜酒，甚至寫下這篇〈蜜酒歌〉，篇末蘇軾還是幽幽地提到自製酒的主要原因——薪俸微薄，生活困難。畢竟他借錢、借米都有難處了，想要喝酒，與其向「監河侯」（專門借貸的人）借款來買，不如自己製作！

那麼，蘇軾製的蜂蜜酒，味道如何？親朋評價又怎麼樣呢？

蘇子瞻在黃州，作蜜酒，不甚佳，飲者輒暴下，蜜水腐敗者爾，嘗一試之，後不復作。（《避暑錄話》）

比蘇軾晚一輩的葉夢得在《避暑錄話》中寫道，蘇軾的酒做得不好，喝過的人竟都跑去狂拉肚子，簡直糟透了！查一查原因，可能是因為蜂蜜在釀造過程中腐壞了。經過這次嘗試後，蘇軾就不再做蜂蜜酒，他最早的釀酒實驗，可說以失敗告終。

人生第二大低潮，貶謫惠州不如釀個桂花酒

到了一〇九四年（紹聖元年），五十九歲的蘇軾被控「誹謗先帝」，貶謫命令一改再改，最後被安置到了惠州。翻山過嶺到了南方，蘇軾的生活同樣困苦，他在此時寫下了〈記遊松風亭〉，描述面對憂患逆境的灑脫心境。那幾年，蘇軾以他的方式調適心情、轉移生活的注意力，也結交了新朋友，聽到有朋友在製酒，於是也把握機會再試試看。

> 嶺南家家造酒，近得一桂香酒法，釀成不減王晉卿家碧香，亦謫居一喜事也。有一頌，親作小字錄呈。勿示人，千萬！千萬！

蘇軾在給好友錢濟明的信中寫道，自己有釀酒新祕方，提醒對方：「千萬、千萬不能跟其他人說喔！」話雖如此，情不自禁的蘇軾仍然寫了〈桂酒頌〉告訴大家這個好消息，其中序言寫道：

> 有隱者，以桂酒方授吾，釀成而玉色，香味超然，非人間物也。東坡先生曰：「酒，天祿也。其成壞美惡，世以兆主人之吉兇，吾得此，豈非天哉？」故為之頌，以遺後

之有道而居夷者。其法蓋刻石置之羅浮鐵橋之下，非忘世求道者莫至焉。

蘇軾釀酒的技術似乎進步了，這桂花酒「釀為我醪淳而清」[1]，酒色晶瑩如玉、酒香特殊，不是人間可以享受到的！除了寫下來，他還打算將製作方法刻在石頭上，留給未來到這裡的人參考。

至於喝起來如何？葉夢得在《避暑錄話》中繼續偷偷吐槽蘇軾，他記下：

（蘇子瞻）在惠州作桂酒，嘗問其二子邁、過，雲亦一試而止，大抵氣味似屠蘇酒。二子語及，亦自撫掌大笑。

蘇邁、蘇過竟然說他們父親做的酒，像是過年喝的屠蘇藥酒！藥酒通常會將各種中藥——比如防風、肉桂、麻黃等——通通浸在一起，可能這酒太苦了，就連朝雲也只嘗了一口。所謂「香味超然，非人間物也」，應該是蘇軾的言外之意吧！貶謫到惠州的蘇軾，一面感嘆處在遙遠的南方，卻也一面重新振作，繼續他未完的桂酒實驗。[2]

自釀桂花酒外，還有仙人傳授的真一酒

蘇軾在惠州除了學到桂花酒外，還因緣際會學會了真一酒。一晚，一位鄧道士引薦另一位神采飛揚、貌似呂洞賓的仙人，攜著酒一起來拜訪蘇軾。仙人對蘇軾說：「你來喝喝看真一酒吧！」三個人於是各喝了幾杯，盡興高歌後，仙人送給蘇軾一本書，傳授休養生息之道和真一酒的製法。到了儋州，蘇軾把這番奇特的經驗寫在〈記授真一酒法〉中，說明真一酒法的配方是當時仙人所傳授的（因此，不好喝就不能再怪我囉）。關於真一酒的好處，蘇軾寫道：

> 撥雪披雲得乳泓，蜜蜂又欲醉先生。稻垂麥仰陰陽足，器潔泉新表裡清。曉日著顏紅有暈，春風入髓散無聲。人間真一東坡老，與作青州從事名。（〈真一酒〉）

這種真一酒，材料「只用白麵、糯米、清水三物」，成品「釀之成玉色，有自然香味」[3]。製好之後，蘇軾得意極了，認為和過去在黃州釀的蜜酒相似。[4]他到了儋州還常常回憶著自己釀的真一酒，寫了首〈真一酒歌〉，提及品飲的感覺：

釀為真一和而莊，三杯儼如侍君王。

因為這酒是仙人教導的，所以喝了之後神情肅穆、心境平和，三杯下肚，心思澄澈得就像在朝堂上晉見君王。由此看來，蘇軾的酒越做越好了。

人生第三大低潮，貶謫儋州那就釀個天門冬酒

蘇軾過海到了儋州後，無論身體或經濟狀況都比在黃州、惠州時來得差，他在此時寫下了〈試筆自書〉，從一開始的傷感到轉念會心「一笑」，寫出面對逆境時的泰然自若。他知道自己回朝廷的機會不大了，因此隨遇而安，安心繼續製酒。當時最有名的那款酒，泡著海南當地的中藥草「天門冬」，因此名為「天門冬酒」，有詩如下：

自撥床頭一甕雲，幽人先已醉濃芬。天門冬熟新年喜，麴米春香並舍聞。菜圃漸疏花漠漠，竹扉斜掩雨紛紛。擁裘睡覺知何處，吹面東風散纈紋。

載酒無人過子雲，年來家醞有奇芬。醉鄉杳杳誰同夢，睡息齁齁得自聞。口業向詩猶小小，眼花因酒尚紛紛。點燈更試淮南語，泛溢東風有縠紋。（〈庚辰歲正月十二

日天門冬酒熟，予自漉之，且漉且嘗，遂以大醉二首〉）

一一〇〇年（元符三年）的過年時節，六十五歲的蘇軾貶居海南，在自己的房間裡邊濾酒邊偷喝，喝到酩酊大醉。醉眼中，眼前的菜園逐漸迷濛，下雨了，只覺春風拂面，皺紋都被舒展開來。不知不覺，蘇軾睡著了，雖不知道與誰同夢，但已聽得到他的鼾聲。

這應該是文學紀錄中蘇軾最後一次製酒，他在這一年遇赦北歸，隔年返京途中病逝於常州。面對一個又一個人生難關，蘇軾總是達觀向前、勇敢面對，透過飲酒，他暫且澆愁，讓一腔情緒得以排解；透過製酒，他苦中作樂，讓生活多一點寄託。

蘇軾從蜜酒、桂酒、真一酒到天門冬酒，[5] 一次次嘗試、一次次精進，還把過去製米酒的心得寫在〈酒經〉（世稱〈東坡酒經〉）當中。雖然只有三百多字，但詳細描述了製作米酒的過程，包含一開始製作酒麴、蒸煮投料，到蒸熟、放涼、發酵、碾壓等步驟所需的時間與最後的產量。光是投米一段，就很有個人見解：

> 米五斗以為率，而五分之，為三斗者一，為五升者四。三斗者以釀，五升者以投，三投而止，尚有五升之贏也。（〈東坡酒經〉）

意思是將五斗米分成五份，其中大的一份為三斗，其餘則作四等份，每份五升（半斗）。將大份的三斗米拿來釀造發酵，小份五升米的其中三份，用來分別投入大份的酒中，持續發酵，最後一小份五升的米則用來控制濃度。

蘇軾的作法是透過多次加料，盡量提高酒精濃度。他的〈酒經〉寫得很完整，根本是當時的神作，讓人躍躍欲試！此外蘇軾的酒三十天就能完成，釀酒過程中要加好幾次釀酒用的米飯，相對而言用水量較少，因此也有人稱為「加飯酒」。

全天下愛喝酒的人啊，沒有人酒量比我更「差」的了！

蘇軾做了這麼多酒，想必酒量滿好的吧？這可不對，甚至大錯特錯——蘇軾的酒量是有名地差！只是儘管差，卻也不妨礙他釀酒、品酒的興致。

「吾少年望見酒盞而醉，今亦能三蕉葉矣。」[6]所謂的「蕉葉」是一種底淺而量少的酒器，年輕的蘇軾光是看到酒杯就醉了，到了大概五十歲，才終於能喝上「三蕉葉」的酒。（我們絕對不能提到黃庭堅偷偷拆蘇軾的臺，在此文的跋中提及：「東坡自云飲三蕉葉，亦是醉中語。」能喝到三蕉葉，根本也是唬人的吧！）

晚年惠州時期的蘇軾，在寫給朋友程正輔的信中說道：「終日把盞，積計不過五銀盞耳。」一盞也是一種酒器，屬於底淺而寬口的小杯，類似現在的小碟子，因為盞口較寬，可做成梅花、蓮花瓣等樣式。晚年的蘇軾並沒有因為好飲、常飲而提升酒量，往往是「小兒誤喜朱顏在，一笑哪知是酒紅」[7]，沒喝幾口就臉紅紅的了。

有趣的是，上述提到的蕉葉、銀盞或是鐘、鼎，以及楔子裡提到的「召卣」等酒器，似乎都難以定出酒的總量。根據胡仔在《苕溪漁隱叢話後集》中的記載，「飲器中，惟鐘鼎為大，屈卮螺杯次之，而梨花蕉葉最小」，也僅能比較容器大小，若要佐證蘇軾的酒量如何，似乎只能與時人對照相較。比如和蘇軾的「三蕉葉」比起來，他的堂兄蘇不疑則「能飲酒，至二十蕉葉，乃稍醉」[8]，也就是說，他的酒量是蘇軾的近七倍。

推算酒量多寡，除了用酒器作為量尺標準外，要觀察蘇軾的飲酒量，還可以從當時的度量標準來換算。

「予飲酒終日，不過五合，天下之不能飲，無在予下者。」[9]晚年的蘇軾一整天喝下來，總共也不過只有「五合」。宋朝的一升約為現今六百四十毫升，一升十合，所以五合約為三百二十毫升，和現在的小瓶罐裝啤酒體積差不多。而黃庭堅描述蘇軾「性喜酒，然不能四五龠已爛醉」[10]，一龠（音「月」）等於半合，四五龠也不到兩百毫升，一樣不多。

比較起來，蘇門四學士之一的張耒自述可以喝五升（約現在的三公升），而石曼卿號稱可以喝五斗（約現在的三十公升），幾相對照，蘇軾的酒量真可說是小之又小。

「**我飲不盡器，半酣味尤長。**」[11]就算喝得不多，蘇軾還是很開心，喜歡享受那種陶陶然的感覺。「**我雖不解飲，把盞歡意足。**」[12]就算只是喝點小酒、摸摸酒杯，也感到心滿意足。所幸即便酒量少，似乎也不會影響到他喝酒的興致。

蘇軾回顧自己一生，最後在〈自題金山畫像〉中寫道：「**問汝平生功業，黃州惠州儋州。**」這一生中，蘇軾的從官之路起伏頗大，經歷多次貶官，黃州、惠州、儋州三處是他人生最大的考驗，除了心境上的打擊以外，外在經濟條件也每況愈下，但他也因此轉而寄託於文學創作，留下許多不朽篇章。

與此同時，蘇軾也越來越能自得其樂，雖然無法喝太多酒，卻不減釀酒之樂。透過蘇軾的詩，我們看到他如何面對生活中的匱乏與心境上的轉變，以及終生樂此不疲的釀酒趣。

參考資料

廖怡甄，《東坡酒詩意象研究——以黃州、惠州、儋州詩作為研究中心》，華梵大學東方人文思想研究所碩士論文，二〇〇五年。
蔡惠玲，《東坡黃州時期詩歌探究》，東海大學中國文學系碩士論文，二〇〇八年。

來幫蘇軾算算他的飲酒量——酒精當量計算

要測量蘇軾的酒量，除了用酒器體積大小來推估，也可以用物理的體積單位換算。然而，這樣就可以和現今的酒類比較了嗎？蘇軾的五合酒和現今的三二〇毫升可以相互類比嗎？——其實我們還有一個關鍵的主題尚未討論，那就是「酒精濃度」。

蘇軾一生做了許多種酒，從蜜酒、桂酒、真一酒到天門冬酒，依照酒的原料、發酵法、製成方式、蒸餾與否，各種酒成品有不同的濃度。且根據當時的氣候、溫度、各步驟時間長短等不同，每次製成的酒濃淡也會不一。用現有的資料還原當時技術，宋代沒有蒸餾法，應該僅有釀造法。

以蘇軾的〈酒經〉為例，他把米飯蒸熟後，加上酒麴等它發酵，過程中添加幾次米飯，一段時間後把米飯、酒麴撈掉，裝在大罈子等容器密封，再過一陣子酒就釀好了。用這樣的「釀造法」所釀出來的酒，通常為五度上下，不到十度。

在蘇軾那個年代，要對比不同人的飲酒量有些困難，若是要跨越地域、橫跨古今，那更不容易。但現今不同，我們比蘇軾那個時代多了些工具，若要比酒量，可以依照現代的「科學標準」來定量！所謂的「酒量」，是一個人能喝多少酒的「酒精重量」，而重量則由體積與密度相乘而來：

重量[13]＝體積×密度

至於酒精的「重量」，則與酒成品的總體積和內含的酒精濃度有關，亦即：

酒精重量＝酒成品總體積×內含酒精濃度×酒精密度

總體積常用毫升為單位（ml、cc皆可）；酒精濃度為酒精的體積百分濃度（符號為%；也就是前文提到的「度」）；酒精密度則約為每毫升〇・七九公克（g/ml）。

因此，若是蘇軾自述酒量為五合，換算約為現在的三二〇毫升，以當時一般酒的濃度為五度計算，則為五%，而酒精密度以每毫升〇・八公克計算，因此蘇軾能喝的酒精重量為：

酒成品總體積 × 內含酒精濃度 × 酒精密度

= 320(ml) × 5% × 0.8(g/ml)

= 12.8g

如此一來，我們就可以說，蘇軾能接受的酒精重量為十二・八公克。

若是和現今的啤酒比較，一罐易開罐啤酒約為三三〇毫升，和蘇軾的五合接近，而酒精濃度也約五%，所以如果在現代，蘇軾的酒量大概就是一罐啤酒。

若是要進一步放眼國際、與其他國家的標準相通，我們可以使用世界衛生組織的定義，也就是國際通用的「酒精標準單位」（standard drink 或作 unit），就臺灣人來說，「一標準單位酒精」為「十公克純酒精」。如果以這樣的標準來界定，蘇軾的酒量是十二・八公克，亦即一・二八標準單位酒精（1.28 drinks）。

有了酒精標準單位，我們就可以更確實地定量，不只

1度（1°）

攝氏 20 度時，每 100 毫升酒成品中含有 1 毫升的酒精（乙醇），稱為 1 度，常用百分比（%）表示。舉例來說，濃度為 5%的酒，表示在 100 毫升酒成品中含有 5 毫升的乙醇，稱為 5 度。所謂 58 度高粱酒，即為 100 毫升高粱酒中含有 58 毫升的酒精。

了解各種飲料的酒精含量，更可以知道自己飲用了多少單位的酒精、身體對酒精的反應是什麼，並明白可能的身體風險。

衛生福利部國民健康署的「國民飲食指標手冊」[14]中，對於飲酒的建議是「飲酒之上限，男性每日不宜超過二十克酒精的攝取量，而女性不宜超過十克」，也就是說，男性每天不超過「二」標準單位酒精，女性則每日不超過「一」標準單位酒精。[15]世界衛生組織（WHO）將「暴飲」（heavy episodic drinking）定義為「過去一個月內的某一場合中，曾飲用六個標準單位酒精以上的酒。」這也是以酒精標準單位來定義飲酒量的多寡與型態，而「酒精使用疾患確認問卷」（AUDIT）用在研究與統計中，同樣以六個標準單位酒精作為評估標準。

蘇軾的酒量若是一・二八標準單位酒精，以「國民飲食指標手冊」來看並未超過建議，也因為他的酒量不大，大大降低了暴飲的可能，這些正好都讓蘇軾得以盡量遠離喝酒所造成的負面影響。

酒精標準單位（standard drink）

關於酒精標準單位的量，目前各國並未統一。美國一個標準單位酒精定義為 14 公克純酒精，丹麥與芬蘭為 12 公克，多數歐洲國家、紐澳、日本、香港定義為 10 公克，英國則為 8 公克，臺灣人因在體質上酒精代謝較差，所以一個標準單位酒精應定義為 10 公克純酒精。

二

史上最「仙」的品牌代言人

——讓李白告訴你酒有多好喝！

說起來，自稱「酒仙」的李白簡直是酒的最佳代言人，就讓我們來向他學習如何形容酒、怎樣包裝酒吧！

此外，李白都是什麼時候、在什麼場合喝酒呢？喝酒帶給他怎樣的感覺？為什麼他會選擇「酒」？酒精又具有哪些特色？這些問題的答案全都藏在他的詩詞中，本文將會一一解答！

岑夫子，丹丘生，將進酒，杯莫停。（〈將進酒〉[1]）

「來來來，兩位先生！趕緊喝酒，別停下酒杯！」聚會中，總少不了像李白這樣熱情招呼大家喝酒的「好」朋友，又是斟酒、又是勸酒的，簡直忙不過來！

李白和朋友們聚會總是無酒不歡，酒除了助興、增添歡樂氣氛外，也拉近了朋友之間的距離。酒後，李白常紓發自己的情懷，用詩將平常想說但沒機會說的話寫出來，於是寫成了「飲酒詩」。

李白的飲酒詩算一算，居然超過了一百首！若再加上聚會飲酒沒作詩的時候，實在難以計算他喝酒的日子到底有幾天，難怪他會不好意思地對妻子說自己「三百六十日，日日醉如泥」[2]。李白自稱「酒仙」，酒後發詩興，詩中又談酒，終其一生，幾乎就是酒與詩交織的杯酒人生。

哥喝的不是酒，是快樂！

烹羊宰牛且為樂，會須一飲三百杯。（〈將進酒〉）

李白聚會喝酒寫出來的詩，統稱為「宴飲詩」，其中詩題就表明了要「請人喝酒」的〈將進酒〉，是最知名的幾首之一。趁難得的美好時節與朋友相聚，在有限的年華暢飲，李白因此寫下了「人生得意須盡歡，莫使金樽空對月」的千古名句。在詩中，他不斷宣傳飲酒的妙處，高聲讚揚及時行樂的必要。這或許是因為李白的腦部受到酒精影響，瀰漫著舒服愉悅的感覺。

另一首〈山中與幽人對酌〉也是他有名的宴飲詩之一：

兩人對酌山花開，一杯一杯復一杯。我醉欲眠卿且去，明朝有意抱琴來。

我倆在山中開滿花的美景之中喝酒，一杯接著一杯，實在是人間樂事。當我喝醉想睡時，你就自行離開吧！如果還有餘興，明早你再抱著琴過來。

李白的聚會不需要呼朋引伴，只要有人和自己對飲就足夠。喝下一杯又一杯酒的李白，最後提到「明朝有意抱琴來」，請朋友隔天再過來一趟，不知是否打算明天繼續喝呢？

從宴飲詩可以看出，李白和朋友喝酒的當下通常都很快樂，醉了之後更是異常熱情，「歡言得所憩，美酒聊共揮」[3]，與朋友盡情談笑、放鬆休息，同時暢飲美酒、頻頻舉杯。

在李白心中，每當面對好友、樂事、良辰、美景等美好事物，第一個想到的就是喝酒。除了自己暢飲外，也樂於與大家分享。「**勸酒相歡不知老**」[4]，來，敬一杯，開心地喝就不覺得人老了！

喝酒時，李白可說是不遺餘力勸酒，若是同座友人不喝，可是會被他曉以大義：「**勸君莫拒杯，春風笑人來。……君若不飲酒，昔人安在哉！**」[5]李白奉勸他的朋友，千萬不要拒絕這杯酒，請看！春風正笑著歡迎我們，怎麼可以不喝呢？他甚至強調，想想那些古人吧，他們現今又都在哪裡？還不喝起來！

為了和朋友喝得盡興，李白花招百出。〈待酒不至〉裡說：「**春風與醉客，今日乃相宜。**」若友人收到邀請還不赴宴，他就藉口春日暖風，正好適合酩酊大醉；若是人來了卻對喝酒面有難色或示意擋酒，他則說：「**君今不醉將安歸。**」[6]朋友今天要是不暢飲酣醉一番，哪有地方可以回去呢？若是朋友求饒說不能再喝了，李白還會揶揄他：「**笑殺陶淵明，不飲杯中酒。**」[7]如果不把杯子裡的酒喝光，可是會被陶淵明嘲笑的啊。

李白：「敬你最後一杯酒！」

歡聚過後，離別的愁緒往往複雜又難消，何以紓解？李白心裡的答案，不外乎是讓酒精來麻痺自己，也因此他的「送別詩」中總是反覆提到酒。

在這些「送別詩」中，李白高喊著：美好的景物就要有好酒來配！「看花飲美酒，聽鳥臨晴山」[8]，將周遭美景與酒融合在一起；有時不一定需要喝酒的緣由，因為「金陵子弟來相送，欲行不行各盡觴」[9]，既然人都來送行了，就喝一杯吧！不過，李白大部分的詩句都反映了他及時求醉的行樂心態，下面這段「蘭陵酒」的詩文也不例外：

蘭陵美酒鬱金香，玉碗盛來琥珀光。但使主人能醉客，不知何處是他鄉。（〈客中行〉）

蘭陵出產的美酒，透着一股濃郁的香草芬芳，盛在玉碗中，晶瑩得看來就像是琥珀一樣。只要主人和我一同暢飲，醉後我哪管這裡是故鄉還是異鄉呢！

看看李白將酒形容得多好，他想說的是：別傷感了！黃湯下肚就毋需清醒。為了一醉解千愁，他身體力行，慫恿朋友在離別時乾杯，對好友杜甫說：「飛蓬各自遠，且盡手中杯。」[10]我們就像隨風飄盪的蓬草一樣各自遠颺，暫且痛快淋漓地飲盡杯中的酒吧！

餞別其他朋友時，李白也時常以酒相送，「相看不忍別，更進手中杯」[11]，我不忍你將要離開，不如再把手上的酒乾了吧！他還說：「二崔向金陵，安得不盡觴。」[12]你們都要走了，怎麼能不好好喝光杯中的酒呢？

對於即將來臨的離別，李白感到萬分孤獨，因為不知道下次見面是何時何地了，這時候只能把握相聚時光，共飲美酒，透過酒精來緩解依依不捨的離情。不僅如此，李白有次更豪邁地說：「暫就東山賒月色，酣歌一夜送泉明。」[13]暫且向東山借個皓月清光，用一整晚的暢飲歡歌來為朋友送行；甚或「群花散芳園，斗酒開離顏」[14]，花園中錯落有致的花卉作陪，眾人酒後都大開歡顏。看來，將送別的悲緒轉化成飲酒之樂，正是李白的慣用手法。

酒有多棒？李白最知道

為了讓大家知道酒有多好，李白使出渾身解數、用盡奇招，就是要推廣酒的美妙！他先是運用色彩呈現出繽紛的視覺饗宴，將還沒有濾過的葡萄酒與和了水的顏色互相比擬，「遙看漢水鴨頭綠，恰似葡萄初醱醅」[15]；接著描繪各種色彩鮮明的酒杯「金樽淥酒生微波」[16]、「昔贈紫騮駒，今傾白玉卮」[17]，有各色美酒美器當前，賓客還不怦然心動嗎？

除此之外，李白也會用各種誇大的數字製造聳動的效果。比如用「金樽清酒斗十千，玉盤珍羞直萬錢」[18]，來強調酒的數量之多；或是用「好鞍好馬乞與人，十千五千旋沽酒」[19]，來形容買酒所費不貲。

而且李白特別向大家強調：「百年三萬六千日，一日須傾三百杯。」[20]他喝酒的時間長，酒量又極好，既然他做得到，大家也都做得到！這些數字不僅驚人，更是吸引了世人的目光，讓人感受到李白不羈的帥氣與喝酒的豪邁。

那麼，一定要和朋友聚會喝酒才有樂趣嗎？沒有聚會或沒朋友時該怎麼辦？李白想了想，沒關係，自己一個人也能喝得很愉快，他還親自示範給大家看，寫下了若干「獨飲詩」。

花間一壺酒，獨酌無相親。舉杯邀明月，對影成三人。月既不解飲，影徒隨我身。暫伴月將影，行樂須及春。我歌月徘徊，我舞影零亂。醒時同交歡，醉後各分散。永結無情遊，相期邈雲漢。（〈月下獨酌四首〉之一）

我在花叢間飲酒，知道沒有人能相陪，便獨自酌飲。沒人也沒關係，舉起酒杯，月亮就是我最好的酒友，再加上我的影子，正好是三個人。雖然月亮本來就不懂飲酒，影子也僅是跟在我前後，但沒有關係，暫且以明月與影子來作伴，趁此春夜，及時行樂。我唱歌時月亮跟著我徘徊移動，我起舞時影子也在前後搖擺。清醒時我們共同歡樂，酒醉後三人各奔東西。但願能永遠忘情地漫遊，期待在茫茫的天河中相見——看來，李白很能勝任酒類代言人的角色，酒後連月亮與影子都被他相邀，一同伴歌伴舞。

從李白〈月下獨酌〉[21]共四首詩中，我們可以觀察到他酒後的心情。他在第四首中提到喝酒的實際妙用：「窮愁千萬端，美酒三百杯。愁多酒雖少，酒傾愁不來。所以知酒聖，酒酣心自開。……」李白的憂愁千頭萬緒，美酒卻僅有三百杯。但即使愁多酒少，只要一杯美酒下肚，憂愁就不再纏身，能體會到過去酒中聖賢醉酒後盡興而酣醉的舒暢，心情自然開朗起來。

而喝酒的樂趣是什麼呢？〈月下獨酌〉的第二首寫道：「三杯通大道，一斗合自然。但得醉中趣，勿為醒者傳。」酒後的李白自信滿滿地宣稱，自己喝下三杯酒，可通曉人生大道理；喝下一斗酒，就能與自然萬物合而為一。他得到了這樣的喝酒趣味後，還提醒大家絕對不可以向清醒的人說！

另外，李白也比較了喝酒的樂趣和其他樂趣，在〈月下獨酌〉的第三首末段寫道：「一樽齊死生，萬事固難審。醉後失天地，兀然就孤枕。不知有吾身，此樂最為甚。」他認為飲酒後，生與死就沒了差別，更何況萬事萬物根本沒有是非定論，無論清醒時狀態如何，喝醉後孤枕而眠，什麼都可以拋諸腦後。最後還提出了獨到的結論：沉醉時，不知道自己身處何處，沒有什麼事情比這更快樂了！

酒的最佳代言人！

李白不愧是酒的最佳代言人，開心聚會時喝酒、離別惆悵時更要喝，他用各種方式形容酒的美好，在獨處時，身為代言人的他更稱職地大聲宣布：「喝酒吧！」李白長期好飲酒的習慣，讓他在古典文學界博得「酒仙」、「醉聖」、「詩仙」之名，也達成了〈將進酒〉中「唯有飲者留其名」的願望。

有趣的是，關於酒精的影響，我們還有李白的各種詩句為證。他說「**且『樂』生前一杯酒**」[22]與「**人生得意須盡『歡』**」[23]，把歡樂愉悅感帶入了酒中，也提到「**醉後發清狂**」[24]——喝醉後放縱的姿態，就是酒才能帶來的美好效果。另外，他在〈春日醉起言志〉中寫道：「**處世若大夢，胡為勞其生？所以終日醉，頹然臥前楹。**」人生在世就像一場大夢，為什麼要一輩子孜孜矻矻、如此辛勞呢？因此他決定整天沉醉在酒中，醉倒就隨意躺臥家中。李白把「酒醉」與「做夢」的狀態連結在一起，這些都是他觀察到的酒的影響。

●●●● 參考資料

陳懷心，《李白飲酒詩研究》，國立中山大學中國文學系碩士論文，二〇〇三年。

林梧衛，《李白詩歌酒意象之研究》，玄奘人文社會學院中國語文研究所碩士論文，二〇〇四年。

陳念蘭，《李白酒詩與盛唐氣象之研究》，國立臺灣師範大學國文學系在職進修碩士班碩士論文，二〇一一年。

李白爲什麼獨獨愛喝酒

——酒的生理化學特性與腦部作用

綜合李白的詩來看，他不僅愛喝酒，也極力勸人喝酒。不過，他為什麼喝酒，而不選擇其他食物呢？

乙醇贏在起跑點，第一時間就開始吸收！

我們可以從化學與生物精神科學的角度來理解這個情形。首先，酒精的學名叫作「乙醇」，化學式是C_2H_5OH，分子量是四十六，算是滿小的分子。正因為本身分子量小，加上溶於水中也會與大部分脂類互溶，所以乙醇進入身體後不需要經過消化，就可以直接穿透腸胃道的黏膜進入血液。

更厲害的是，乙醇只要進入胃部就會開始被吸收，胃部可吸收十％到二十％的乙醇。因此，當酒精入喉，只需要五到十分鐘便會進入人體血液中，開始發揮作用影響身體了！

乙醇拿到任意通行證，在體內暢行無阻！

但乙醇進入血液後，還無法立即影響大腦，要等到經過大腦時才會產生所謂的「效果」。從血液到腦部，必須經過一道稱為血腦屏障（blood-brain barrier，簡稱BBB）的關卡，這個關卡負責保護腦袋，不讓物質隨意進進出出，只允許特定分子通過、進入腦中。

因為乙醇的分子夠小，加上一些分子特性，所以能夠很輕鬆且非常快速地通過血腦屏障，影響大腦的神經傳導功能。

同時，大部分的乙醇是從肝臟代謝，先經過乙醇去氫酶（alcohol dehydrogenase，簡稱ADH）代謝成有毒的乙醛，再由乙醛去氫酶（aldehyde dehydrogenase，簡稱ALDH）代謝成乙酸，進而排出體外。由於這

酒精代謝的兩個步驟

$$H-\overset{\overset{\displaystyle H}{|}}{\underset{\underset{\displaystyle H}{|}}{C}}-\overset{\overset{\displaystyle H}{|}}{\underset{\underset{\displaystyle H}{|}}{C}}-OH \xrightarrow[\text{乙醇去氫酶}]{ADH} H-\overset{\overset{\displaystyle H}{|}}{\underset{\underset{\displaystyle H}{|}}{C}}-\overset{H}{\underset{O}{C}} \xrightarrow[\text{乙醛去氫酶}]{ALDH} H-\overset{\overset{\displaystyle H}{|}}{\underset{\underset{\displaystyle H}{|}}{C}}-C\overset{OH}{\underset{O}{}}$$

乙醇（酒精）　　　　　乙醛（有毒物質）　　　　　乙酸（順利排出）

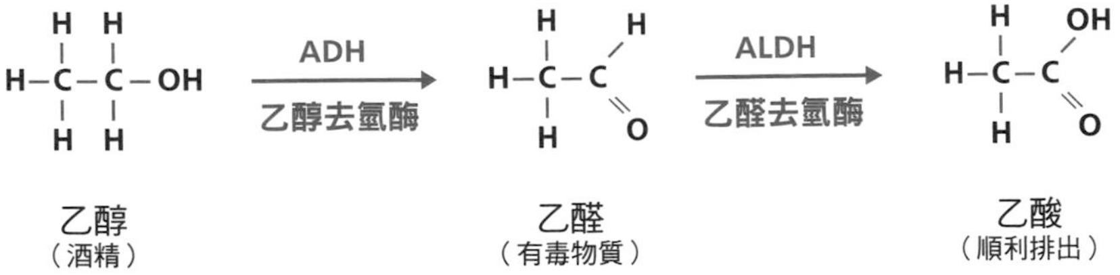

些酵素是有限的，身體代謝乙醇的速度也是固定的，所以一小時大約僅能代謝十克到十五克的乙醇，若要完全代謝，視乙醇攝取的總量，至少需要八至二十四小時。

酒精在腦部扮演的百變角色

酒精進入腦部後，可以抑制中樞神經，產生安眠、鎮靜、放鬆的效果。或許有人覺得「不對啊，明明喝完酒會比較敢衝！」那是因為在飲酒量不高的情況下，酒精會先抑制負責「控制衝動」的腦區功能。因此，當衝動控制減弱時，說話會不自覺地變大聲，更有自信、動作也更大，酒後的「微醺感」其實就是輕度的酒醉狀態。

人在微醺時，情緒表現會變得更豐沛，起伏也更大，常伴隨歡快、亢奮的感受。這些表現主要來自於酒精使腦內多巴胺（dopamine）短暫增

酒精不耐症（alcohol intolerance）

你有沒有親朋好友也是這樣呢？明明沒喝多少酒，但就是會臉紅、頭暈腦脹、想吐，全身都不舒服——那他可能就是有「酒精不耐症」。這是因為有些人的先天基因中缺乏上述的「乙醛去氫酶」，有毒的乙醛因此無法經過一般代謝方式變成無毒的乙酸。乙醛無法代謝而繼續累積，可能導致臉紅（最常見）、頭暈、噁心、嘔吐、心跳加速等不舒服的症狀。值得注意的是，相較於歐美約每 10 個人中有 1 個人具有這樣的基因，東亞則每 10 人就有 3 到 4 人有酒精不耐的基因，在臺灣可能更高達半數！

加，讓人產生興奮、愉悅的情緒，進入陶醉、飄飄然的狀態，同時也會引發強烈的渴望感，讓人難以抗拒繼續喝下去的慾望。

在微醺過後，酒精的影響漸漸擴散到其他腦區，影響層面更多也更複雜。酒精所產生的短暫鎮靜效果，可能會減少入眠所需的時間，讓人誤以為喝酒可以助眠。

然而，除了入睡的作用時間加速，酒精反而會影響睡眠週期，增加淺眠與作夢的比例，因而惡化整體睡眠品質。這也是為什麼「醉」與「夢」時常同時出現，飲酒導致多夢、醉酒而淺眠，無怪乎會有如「醉」如「夢」、「醉」生「夢」死這樣的形容，兩個狀態常被緊密地連結在一起。

百變的酒精，作用複雜。讓害羞的人大聲說話、讓冷靜的人嚎啕大哭、讓嚴肅的人手舞足蹈，這些是酒讓人們的控制力減弱後的結果；號稱能幫助人們入睡，卻進一步造成淺眠、多夢甚至早醒，這些則是酒在腦區之中潛移默化、不可不慎的影響！

三

無奈！「白日放歌須縱酒」

——聊聊杜甫的各種人生壓力

李白開心的時候喝酒、離別的時候也喝，飲酒可以讓人舒服愉悅，使人快樂得不自覺喝下更多。

而與李白齊名的杜甫呢？杜甫也愛喝酒，但不同於李白，當他喝酒時，生活往往也面臨著巨大壓力。杜甫一生中面臨了哪些壓力？酒精是否真能如他所願，達到宣洩情緒、紓發壓力的效果？讓我們一起來瞧瞧！

壓力與酒，誰先來到杜甫生命中？

二十歲的杜甫已經開始四處旅遊、在各地交朋友，當時他的生活還沒什麼壓力，也沒有太大的煩惱，酒單純是一個好媒介，能激發豪情又能結交好友，他沒想到，一喝數十年，酒就從這時開始伴隨著他一輩子。當杜甫年老時回顧當年這一段，寫下了〈壯遊〉長詩，是這樣開場的：

> 往昔十四五，出遊翰墨場。斯文崔魏徒，以我似班揚。七齡思即壯，開口詠鳳凰。九齡書大字，有作成一囊。性豪業嗜酒，嫉惡懷剛腸。脫略小時輩，結交皆老蒼。飲酣視八極，俗物都茫茫。

杜甫說他七歲能詠詩、九歲可以寫大字，十四、十五歲就和當代的文人雅士往來，性情豪爽的他，年紀輕輕就喜歡喝酒，酒酣耳熱時，天下世俗之物都不放在心上！

這時候我們看到的是年輕有為、不可一世的杜甫，他還不知道人生會碰到什麼樣的挑戰。而這時，酒已經進入他的生命中，逐漸扮演不可或缺的角色。

「此身飲罷無歸處，獨立蒼茫自詠詩」——長期的失業壓力

杜甫人生中首先面對的是失業壓力。他在二十三歲時參加貢舉考試，但沒有考上，三十五歲再考了一次制舉考試，一樣名落孫山，這十幾年來，杜甫最能感受到大考失利與失業所帶來的複雜情緒。當時，他也曾參加「干謁」活動，希望受到達官貴人賞識，直接被推薦去當官。

他在三十九歲時透過「獻賦」的方式，想讓皇帝看見他的文采、博得青睞，而皇帝果真看到了，也似乎很喜歡，於是請他等待候補的工作。在待業的那一年，他寫下了〈樂遊園歌〉，先是記錄當下的宴會盛況，再回想當年唐玄宗出遊時的聲勢浩蕩，哪知話鋒一轉，接著寫下：

> 卻憶年年人醉時，只今未醉已先悲。數莖白髮那拋得，百罰深杯亦不辭。聖朝亦知賤士醜，一物自荷皇天慈。此身飲罷無歸處，獨立蒼茫自詠詩。

杜甫身處盛大的宴會，卻灰心地表示：「回想起每年此時，人人都喝得大醉，但今日的聚會啊，我人還沒醉、心已先悲。想到自己的白髮和年紀，面對這樣的傷悲，即便罰一百

杯酒我也不推辭！」杜甫喝了酒想要稍微麻痺情緒，心情卻越來越鬱悶，除了感嘆年華老去之外，也準備告訴大家他真正的壓力來源。

「我身居聖朝卻長期貧賤，朝廷也都不任用我，我什麼都不能做，只好將這皇帝賜下的美酒一飲而盡。」杜甫回想自己無法任官、沒有工作，喝完酒後只剩他無處可歸。作為士人卻不得志，幾乎一事無成，面對長期的失業壓力，即便喝酒也無法紓發，只好詠詩把這樣的心情記下來。

青壯年時期的失業壓力讓杜甫鬱鬱寡歡，這時候，喝酒似乎還能緩解難解的壓力與如影隨形的鬱悶。

戰亂生活與經濟壓力，誰能比我更慘？

杜甫在京城長安這十年來，始終找不到適合的工作，他不想去巴結權貴，也沒有辦法像許由、巢父那樣隱居世外，因此深感慚愧。慚愧之餘，還有什麼辦法呢？「沉飲聊自遣，放歌破愁絕」[1]，他只好喝酒啊！喝酒遣悶，寫詩高唱，只有這樣，才能破除憂愁。

四十三歲的杜甫被任命為河西縣尉，但他覺得不適合不想赴任，之後才接受了一份「右衛率府胄曹參軍」的工作，他自嘲會接受這個官職，僅僅是因為有錢可以買酒。[2]工作確定後，杜甫便在當年（西元七五五年）十到十一月從長安出發，要回老家奉先探望妻兒。路途中，他寫下了〈自京赴奉先縣詠懷五百字〉，見證「朱門酒肉臭，路有凍死骨」，而這時唐玄宗還在驪山泡湯呢。然而回到老家的杜甫，面對的竟然是難以接受的噩耗——小兒子已經餓死了！杜甫實在太痛苦了，連鄰居都為他們家感到悲傷，[3]這樣的生離死別，讓他的壓力更形複雜，心情也更悲慟鬱悶了。

來不及好好與小兒子道別的這一年年底，安史之亂爆發。戰亂開始，杜甫也只能帶著家人避寇逃難，「**癡女饑咬我，啼畏虎狼聞，懷中掩其口，反側聲愈嗔，小兒強解事，故索苦李餐**」。四十五歲的杜甫在〈彭衙行〉中深切地描述一家人饑寒交迫的生活，還好有朋友救濟幫忙，才勉強解圍。在這流離窮困的生活壓力之中，某天他冒雨到了朋友蘇端家，在對方熱情款待下，杜甫說道：「**濁醪必在眼，盡醉攄懷抱。**」[4]酒就擺在眼前，藉著酒精的催化，他盡情地喝、恣意地大發理想抱負，也才能暫時紓解憂煩與壓力。面對戰亂中的生活與經濟壓力，酒之於杜甫，仍然扮演著破除憂愁、消解壓力的角色。

人情世故與工作壓力簡直讓人更厭世

安史之亂後，四十六歲的杜甫終於有了一份差事，唐肅宗給他的官職是「左拾遺」，負責規諫朝政的缺失，大抵是諫官的角色。好不容易工作較平順了，但他作為諫官，意見卻不被採納，還要面對同事與上司這些官場人際互動，壓力因此一點一滴累積了起來。這一年暮春時節，他寫下〈曲江兩首〉：

一片花飛減卻春，風飄萬點正愁人。且看欲盡花經眼，莫厭傷多酒入脣。（〈曲江兩首〉之一）

第一首中，杜甫看著花兒被風吹落，感到春色漸減，心中開始暗暗發愁。他是不是同時想到了自己的工作呢？眼睜睜地看著飛花一片片飄走，他心中不是滋味，既然酒不嫌多，便一杯杯地喝下。由此而知，遇到工作上的不順心，杜甫只得藉酒澆愁。

到了第二首，他又認為面對壓力，如果可以喝到醉該有多麼美好啊！

朝回日日典春衣，每日江頭盡醉歸。酒債尋常行處有，人生七十古來稀。（〈曲江兩首〉之二）

當官的杜甫在退朝後，天天去當鋪當衣服，一換到錢，就到曲江頭上買酒喝。對他來說，到處欠酒債是尋常小事，既然職場不得志，人生也沒有多長（能活到七十歲已經極為稀罕），不如喝醉盡興了才回家。詩的最後，杜甫大聲呼籲：「傳語風光共流轉，暫時相賞莫相違。」美好的風光啊，請讓我在此好好欣賞，那怕是暫時的也好，希望不要違背我這一點心願！

雖然看似天天盡興醉酒，但他明顯感受到工作的壓力與人際關係的不順，隱隱覺得工作快不保了。杜甫在寄給朋友的信中寫道：「聞君話我為官在，頭白昏昏只醉眠。」當官的他幾乎天天昏睡，不知道工作的表現是不是也受到影響？果然，那年暮春杜甫才寫下〈曲江兩首〉，六月就被貶到了華州擔任司功參軍，從此離開了長安。

離開京城後，工作壓力暫時解除了，到任華州之前，杜甫還拜訪了少年時代的朋友衛先生。二十年不見，老朋友一見面連話都來不及說，衛先生就叫兒子去張羅好酒，杜甫則把這誠摯的情意都寫在〈贈衛八處士〉之中：

> 主稱會面難，一舉累十觴。十觴亦不醉，感子故意長。

主人表示難得見面，一舉杯就接連地喝了十杯，且十杯還不醉，杜甫真心謝謝老友的情深意長，話雖如此，杜甫飲酒這時在想什麼呢？「明日隔山嶽，世事兩茫茫。」他感慨：

明天兩人就分別了，命運將會如何，就彼此不相知了。離開京城，面對未知的壓力，杜甫也僅能趁機會一杯接著一杯，麻痺自己的情緒，遠離人生的壓力。

晚年病痛纏身的壓力

離開了京城，杜甫的壓力應該減少了，然而還有一個長期伴隨著他的壓力，一直到人生最後，那就是「生病」，亦即是身體給他的壓力。提到生病，時間要先回到杜甫還在長安、沒有工作的那十年，大約四十歲的他就提過自己身體很不舒服：

> 瘧癘三秋孰可忍，寒熱百日相交戰。頭白眼暗坐有胝，肉黃皮皺命如線。（〈病後遇王倚飲贈歌〉）

整個秋天我都在忍受瘧疾之苦，百日內身體忽冷忽熱。我現在是頭髮花白，視力開始模糊，連屁股都長了繭，整個人面黃肌瘦，皮膚起皺紋，已如游絲般命懸一線。

不僅如此，杜甫自述病況複雜，因此都稱自己「多病」。四十三歲時，他就寫道「長卿多病久」[6]，長卿是司馬相如，長卿病代指司馬相如的消渴疾，大約是現今的糖尿病。杜甫五十歲後的詩中，也時常出現和肺有關的病症表現，像是「肺病」、「肺氣」、「肺枯」等，從現今來看，可能是慢性阻塞性肺病的症狀表現。

神經方面的症狀也讓他與家人擔心，他五十二歲時寫了「**老妻憂坐痺，幼女問頭風**」[7]，其中「痺」[8]是肢體疼痛或麻木，「坐痺」應是下肢麻痺的表現，而「風」[9]則可以理解為身體受到「風邪」入侵，「頭風」或許是因為風邪入侵、經絡不通，造成時好時壞的頭疼、頭暈等。隨著年歲增加，杜甫更提到眼睛與耳朵開始不行了，「**老年花似霧中看**」[10]，兩眼模糊，影響了生活與行動。

杜甫的疾病與壓力一天天增加，身體狀況一日日衰敗，最後在五十八歲這一年，永遠離開了人世。

生病了，酒是要喝還是不喝？

晚年的杜甫，瘧疾多次發作，同時身患糖尿病、肺病等慢性疾病，再加上耳朵聾、眼睛霧、四肢不靈活，這麼多身體病痛與壓力，一定讓他的心情受到了影響。而這幾年當中，酒所扮演的角色是什麼呢？讓我們仔細欣賞杜甫在五十五歲時寫下的〈登高〉名篇：

風急天高猿嘯哀，渚清沙白鳥飛回。無邊落木蕭蕭下，不盡長江滾滾來。萬里悲秋常作客，百年多病獨登臺。艱難苦恨繁霜鬢，潦倒新停濁酒杯。

這首詩道盡了杜甫的悲情，他在九九重陽這天登高望遠，面對秋景，生發了複雜的感觸，感嘆自己長年飄泊為客、各種壓力纏身，除了多種疾病外，也到了鬢髮皆白的年紀，人生歷盡艱難苦恨、生命走到末路窮途，當下唯一做的，竟然是「新停濁酒杯」！

杜甫的身體已經差到無法再喝酒了嗎？怎麼會想到要停酒呢？還是他改變主意了？或許停下酒杯，身體就不會這麼糟，人生似乎就能稍稍扳回一城？

杜甫的「新停濁酒杯」實在值得進一步深思。尤其「新」這個字，一般解釋為他「才剛」停酒，因為生病而無法喝酒，連號稱可以排遣憂愁的酒都不能治，杜甫一定感到更愁苦，同時，也因為他寫了「新」這個字，表示這次停酒時間應該開始沒多久。

然而，若要了解杜甫到底停酒了沒、停酒的狀況是什麼，我們就得繼續從他的詩中找到相關資料佐證。在重九〈登高〉的前一天，杜甫寫了〈晚晴吳郎見過北舍〉，詩中提到「**明日重陽酒，相迎自醱醅**」，明天就是九月九日，他就要和朋友一起喝酒啦！若是如此，那這和「新停濁酒杯」似乎有些矛盾，一方面因為疾病想要停酒，一方面又因為朋友來訪而想要喝酒，杜甫想必難以抉擇。

關於杜甫有沒有喝這件事，倒是不小心在其他詩中露餡了。〈登高〉的那天，杜甫還寫了名為〈九日〉的詩共五首，裡頭暗藏玄機，提供了有力的資料。其中第一首的第一句就是「重陽獨酌杯中酒」，當天，他邀請的朋友似乎沒有來，只好從「相迎自醱醅」和朋友一起喝，改成「獨酌杯中酒」獨自一人喝！

同一天，怎麼能既停酒又獨酌呢？可能是才剛剛「停酒」沒多久？也可能是寫完詩後很快重新開喝？無論如何，我們都看到了杜甫對酒最真實的矛盾。若以這樣的角度延伸一步想，他的「新停」可能也不是第一次不喝，放在長年多病的歷程來看，他恐怕「新停」過非常多次！換句話說，杜甫很可能是因為生病而停酒，當疾病稍微好轉或是更感憂鬱時，就重新喝酒。有時停酒、有時復飲，疾病、壓力、憂鬱與飲酒，到了晚年仍然是杜甫最難解的人生難題。

●●●● 參考資料

黃淑梅，《杜甫飲酒詩研究》，玄奘大學中國語文學系碩士論文，二〇一〇年。

簡錦松，〈杜甫夔州生活新證〉，收入謝海平主編，《唐代文化、文學研究及教學國際學術研討會論文集》（臺中：逢甲大學，二〇〇八年），頁一一七－一六二。

陪杜甫一起揭開藉酒紓壓的真相

——飲酒與壓力調適的影響

我們嘗試一一了解杜甫數十年的壓力，來解釋為什麼他離不開酒。面對壓力而喝酒，真的可以排憂解悶嗎？或是正好相反？當這些壓力接踵而來時，我們要來看看飲酒如何影響杜甫的情緒與面對壓力的因應行為。

飲酒看似能放鬆、宣洩壓力與緩解憂鬱

身體對於壓力會有一連串的反應，當人們感受到壓力時，大腦會統合這些感覺，啟動壓力應變系統，也就是下視丘－腦垂體－腎上腺軸（hypothalamic-pituitary-adrenal axis，HPA axis）來因應，進一步調節身體心血管、消化、內分泌、免疫等系統的反應。同時，人類對於壓力也會有情緒與心理的反應，面對壓力時會有緊張、焦慮、恐懼等負面情緒，同時，這些壓力會讓情緒的反應較為敏感甚至過度反應。

正常狀態中，人類依靠大腦中的額葉（frontal lobe）作為「理性控制中心」，調控情緒、衝動與注意力。而在壓力之中，下視丘－腦垂體－腎上腺軸會更快速地啟動反應，導致本來負責調控的大腦額葉功能減低。因此，在壓力的影響下，人類可能從認知調控的理性反應轉變為情緒驅動的反應，因而會傾向採用能立即減少緊張、恐懼的作法。此時飲酒，酒精便扮演著立即性的自我藥療（self-medication）角色，透過喝酒麻痺當下感覺、減少負面情緒，而達到所謂宣洩壓力的效果，這樣的「因酒紓發」、「藉

酒精與壓力調適

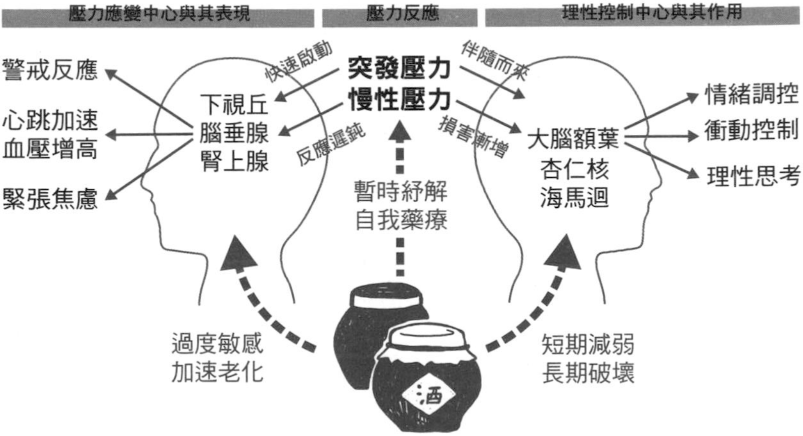

酒發洩」，某種程度上是一種立即性的（不顧長期後果的）自我保護方式。

飲酒實則讓因應壓力技巧降低、調適情緒與理性思考的能力下降

然而要注意的是，酒精同時會影響額葉的功能，讓人控制力降低、判斷力下降、情緒起伏更大也更敏感，所造成的後果並不是喝酒當下就會注意到的。久而久之，喝酒宣洩壓力的效果不如預期，原先期待的「立即自我保護」方式，卻成為長久惡性循環的開端，更麻煩的是，酒精造成負責情緒、壓力調控的大腦額葉功能下降，恐怕是不可恢復的。

壓力會讓原先少飲酒的人想喝酒麻痺，而平常就會飲酒的人則喝得更多更頻繁。至於壓力來源可能是一些「社會挫敗」的經驗，找不到工作、經濟困難、工作上與同事有摩擦，這些都算是所謂的社會挫敗，有些人或許會復原，但有些人卻會因此造成重大身心影響。這樣的壓力讓人們不知不覺喝多了，若是承受的壓力越大，喝酒的可能性也就越高。

除了「社會挫敗」的壓力外，還有各種身體病痛的壓力。飲酒者會不會像杜甫一樣不得不停酒？明明知道酒精可能對身體造成影響，也明白停酒對身體的好處，就算如

此，在兩難中，飲酒者往往會像杜甫那樣重新選擇飲酒。

這是不是都是飲酒者個人的問題？是不是他們意志不夠堅定？從成癮科學的角度看待，其實並不盡然。在長期飲酒下，大腦額葉的功能會下降，調整情緒的能力因此減弱，理性思考判斷的能力也就不如以往。可以預期的是，當壓力一大，若沒有事先準備好替代方案，飲酒者幾乎必定選擇飲酒，而喝了酒是否更為影響身體，就不是他們當時的思考所能及的了。

四

北宋超偶只能「淺斟低唱」？

——柳永沒說出口的飲酒影響

唐代的杜甫由於備感壓力、心事重重而喝酒，宋代的柳永也是，總想藉酒澆愁，常在詞中提到宴會與飲酒，酒精對他而言，同樣是不可或缺的角色。

柳永的用詞提到了飲酒美好，也在詞作中每每提到酒精帶來的影響，那麼究竟是哪些層面的影響呢？讓我們從身體與心理不同角度來察看吧。

柳永是北宋時期的歌壇偶像，除了作詞之外還會自製新曲，也就是寫好詞、編好曲，就等人來唱，難怪當時歌女們都喜歡他。雖然他在仕途上不得志，卻也免於朝廷政事的束縛，不必成天寫那些枯燥的公文，有更多時間走入民間，無論是京城繁華的都市生活、酒樓歌伎、市井小民，柳永都廣泛地接觸，這些日常經驗使他的詞曲創作充滿浪漫氣息，卻又貼近社會人情，無怪後人流傳「凡有井水處，即能歌柳詞」[1]。

柳永的詞除了代言女性對男性訴說的閨怨詩之外，也會轉變視角，寫出男性對女性的思慕與愛戀，貼近當時人心，根本是男女通吃的偶像。柳永的創作往往是由自己的情感出發，許多是真實的個人體驗，在他的兩百餘首詞之中，光是提到「酒」這個字的就超過了六十首。酒對柳永的情感表達來說無疑是重要的媒介，在許多時機與場合，也扮演著看似理所當然的存在。下面就一起來看看柳永如何把酒描寫得活靈活現、又如何把酒精所帶來的影響形容得絲絲入扣！

以酒助性卻無助——性功能影響

柳永的詞作多是在青樓酒館間寫出來的，酒樂宴飲是他生命中不可或缺的場合，宴會中有酒、有歌伎，也有不自主流露的情感，柳永為歌伎寫詞，除了描述她們的風情、才藝以外，有時也提到了性愛。

柳永年輕時的詞作對自己的性生活有直接的描述，同時也提到了酒扮演的角色。「洞房飲散簾幃靜。……無限狂心乘酒興。這歡娛、漸入嘉景。猶自怨鄰雞，道秋宵不永」[2]，他鋪陳了洞房的幽靜與朦朧、人的溫暖與放鬆後，更提到乘著這樣的酒興，他可以一整晚恣意地歡愉作樂。

除此之外，柳永也仔細描繪了這份興致：「旋暖薰爐溫斗帳。玉樹瓊枝，迤邐相偎傍。酒力漸濃春思蕩。鴛鴦繡被翻紅浪。」[3]兩人點燃了薰爐、溫暖了斗帳，便互相依偎溫存著。隨著酒力越來越濃，興致高昂，來到了「繡被翻紅浪」借指的性行為與高潮，清楚描寫了性事中的感官刺激與享受。

然而隨著長期飲酒，柳永年紀更長之後所寫的詞卻不再是這麼一回事：「狎興生疏，酒徒蕭索，不似少年時。」[4]與前詞不同，柳永過往的酒友都不在了，他覺得自己提不起勁，也沒什麼當年的興致（與性慾），他感嘆：「真不像過去年輕美好的時候啊。」柳永少年時「以酒助性」，藉由酒精的催化來提升興致與性慾，經過了一段時間之後，他開始覺得沒什麼幫助，離期待的目標越來越遠——究竟發生了什麼事？

藉酒澆愁卻無補——情緒影響

遠離憂傷、追求快樂是人的本能，柳永很早就發現，酒是一帖良方。「擬把疏狂圖一醉，對酒當歌，強樂還無味」[5]。柳永受到春景觸發，心中莫名惆悵，因此打算痛飲一番、歡唱一曲，希望可以求得一醉解憂。然而當他喝酒後，儘管勉強讓自己感受到些許愉悅，卻無法體驗到真正快樂的滋味。柳永用了「圖一醉」、「強樂」與最終「無味」幾個詞，把起初為了暫時排解憂愁而喝酒，得到了短暫麻醉，酒後卻發現於事無補的心情，寫得深刻動人而清楚。

飲酒似乎無法讓柳永解憂，那有沒有可能等到酒醒時分，情緒才會因酒得到慰藉呢？酒醒後的柳永對於憂愁煩悶是否排解，也多有描寫。

「夢覺、透窗風一線，寒燈吹息。那堪酒醒，又聞空階，夜雨頻滴。嗟因循、久作天涯客。負佳人、幾許盟言，便忍把、從前歡會，陡頓翻成憂感。」[6]柳永在酒後的夜晚突然從夢中醒來，寒風夜雨中，酒退的他回到了現實，當他又想到了過往，不禁悲從中來、憂悶不已——無論酒醉酒醒，這些憂愁並未因此排解。

柳永在另一首詞中提到，「當無緒、人靜酒初醒。天外征鴻，知送誰家歸信，穿雲悲叫」[7]，他在半夜酒醒後，似乎沒什麼情緒起伏，雖然宣稱「無緒」，但當聽到天邊的大雁叫聲都透露著悲情時，似乎也一樣陷入了憂愁。這首詞的最後寫道「此夜厭厭，就中難曉」，這是一個精神不振的夜晚，柳永心中思緒與情感相當複雜，實在很難說清楚。

醒來之後呢？柳永的詞中細膩描述了酒醒後的狀態：「夜來匆匆飲散，攲枕背燈睡。酒力全輕，醉魂易醒，風揭簾櫳，夢斷披衣重起。悄無寐。」[8]他提到喝酒後淺眠易醒，只好在夜闌人靜時起床（寫詞）；「酒醒。夢才覺，小閣香炭成煤，洞戶銀蟾移影。」[9]喝酒後做了夢而清醒，只得起身看著月影緩緩移動。看起來，柳永睡不到清晨，酒醒的時間幾乎皆為半夜，而於半夜酒醒後無法重新入睡，只好一次又一次寫出讀者易感共鳴的「酒醒」狀態。

他屢次努力地想排除憂愁，而喝酒似乎是眼前最快麻痺自己的方式，詞中，他的情緒在酒醒之後仍一波又一波湧起，心情也越來越憂煩，連睡眠都被影響到了。

柳永為了遠離憂傷而喝酒，一次次飲酒後卻體驗到於事無補，酒醒之後，憂悶情緒仍盤繞著，從這麼多的酒醒詞作看來，他飲酒後的憂愁煩悶，會不會還比飲酒前更濃更深？

提振精神卻疲憊——身體多層面影響

〈戚氏〉[10]是柳永自創的詞牌，也是他詞作中最長的一首，詞中第三疊由回憶到現景，幾乎是柳永一生的縮影。酒扮演了重要的角色，柳永則隱晦地描述了酒後的影響：

帝里風光好，當年少日，暮宴朝歡。況有狂朋怪侶，遇當歌、對酒競留連。別來迅景如梭，舊遊似夢，煙水程何限。念利名、憔悴長縈絆。追往事、空慘愁顏。漏箭移、稍覺輕寒。漸嗚咽、畫角數聲殘。對閒窗畔，停燈向曉，抱影無眠。（〈戚氏〉）

當時京城的風光如此美好，讓我想起那段年少時光，從早到晚我都在宴會中尋歡享樂，身旁志趣相投的朋友也都狂放不羈，我們遇到對酒當歌的場合就流連忘返。然而日月如梭，我們別離後，過去的遊樂時光就像是夢境，如今眼前一片煙水迷茫，兩地不知相隔有多遠。都是對功名的追求羈絆著我，才會讓我如此憔悴，當我追憶往事時，也僅留下了殘容愁顏。隨著時間輕移，我感受到幾許寒意，漸漸地，聽到了遠方號角的嗚咽聲。我靜對著窗戶，把燈熄滅，向著自己的影子，默默等待黎明，如此，又過了徹夜難眠的一晚。

柳永年輕時與朋友喝酒享樂，在經歷社會磨難之後，只剩下「憔悴長縈絆」，「憔悴」是整個人衰弱失神、疲憊不堪的樣子，雖然他的理由是對於功名的想望，讓人因此感到越來越不健康，然而，會不會同時還有一些他沒提到的原因？

酒精不只會影響情緒，也可能對身體造成不同層面的影響。但在詞作中，柳永很難指涉特定疾病與特定的症狀表現——想像一下，他可是柳永，是青樓歌伎的偶像，若是在詞中寫出像杜甫一樣的肺病、消渴、目昏、病齒這些實際的字詞，那有多麼煞風景。於是，若是他身體不舒服，就只好隱微地改寫。

柳永曾在詞中描述自己的失意人生，寫道「奈泛泛旅跡，厭厭病緒」[11]，他在各地飄泊，到處都留下了足跡，然而一個人病懨懨的，如此潦倒，最後才提到「算孟光、爭得知我，繼日添憔悴」，他對妻子說：「賢妻你怎麼會知道，我現在一天比一天更加憔悴了呢？」這首詞中，不管是「病緒」或是「憔悴」，都突顯出整個人身形消瘦，但他卻把自己身體的不適包裝得很有美感。

此外柳永還有更多詞寫到自己的「憔悴」，如「想繡閣深沉，爭知憔悴損、天涯行客？」[12]柳永感嘆，他想念的人在深閨之中，怎麼會知道自己因四處奔波，容顏已經憔悴不少？又如「獨自個、贏得不成眠，成憔悴」[13]，他和想念的人沒有結果，獨自難眠，身心交瘁。在這首詞的前段，柳永還提到了獨自難眠的可能原因，「殘夢斷、酒醒孤館，夜長無味」，原來是因為酒的作用，漫漫長夜才無法入眠——細細品讀，便會發現柳永的身體其實是很不舒服的。

更多酒精對生理系統的影響

除了心情與身體狀況外，酒精還有更多影響是在宋代尚不清楚或是詩詞難以描寫的，而這些影響都在一次又一次的飲酒之中反覆加深。

「都門帳飲無緒，留戀處、蘭舟催發。」在城外的餞別酒宴中，柳永就算喝了酒情緒也很低落，正當戀戀不捨時，小船便準備要離開了。這是他的〈雨霖鈴〉，寫出了常見的離別情景。在詞的後半段，柳永酒醒了，填上了最後幾句流傳千古的詞：「今宵酒醒何處？楊柳岸，曉風殘月。」今晚酒醒了，但只剩秋景與自己相伴，當下微風吹拂著條條楊柳，月亮逐漸隱沒在清晨中。柳永描述了酒醒之後安靜而幽美的畫面，又繼續寫道：「此去經年，應是良辰好景虛設。便縱有千種風情，更與何人說？」美好的時光和景物都白白浪費了，這樣的情懷，又可以和誰訴說呢？我們揣想，酒醒後的柳永，一整天的無緒無感、悶悶不樂，又將要重演了。

原本柳永希望以酒助性、以酒解憂，為了酒，他「衣帶漸寬終不悔」[14]，然而，在長期的酒精影響下，他的情緒、睡眠、甚至生理狀態都大大受到了牽累，久而久之，就需要依靠酒精才能入眠。柳永所代表的飲酒者典型表現，往往可以從醫學中找到相關解釋，無論是因愁飲酒、酒後更愁、酒醒無緒或強樂無味，甚至「為伊消得人憔悴」，酒精對人的影響可說古今皆同。

難怪柳永也只能「爲酒憔悴」——酒後身體與心理的影響

飲酒的生理影響

短暫飲用酒精除了可以讓身體的肌肉放鬆，降低焦慮、尷尬等感覺之外，也可能讓人感到更有自信、更具魅力。另外，腦部有負責「抑制衝動的神經」，酒精則減弱了這些神經的作用，讓衝動更難被控制（頁60），使人在酒精的作用下控制不了自我，如同煞車煞不住，因而不顧後果，想做什麼就奮勇向前。而「飲酒可以助性」的一大原因，就是因為酒精讓性的衝動不再被壓抑，當下因此表現得更隨心所欲。

酒精的生理影響中，大家最熟悉的是對肝臟的傷害。由於大部分的酒精都要透過肝臟代謝，除了增加臟器的負荷，也會產生一些破壞肝臟細胞的物質（如自由基），因而逐漸導致脂肪肝、酒精性肝炎，久而久之，甚至有肝硬化或是肝癌的可能。而有B型、

C型慢性肝炎的人若是習慣性飲酒，更容易造成肝臟發炎、加速肝硬化的發生。除了肝臟以外，酒精在體內產生的代謝物，也容易引發急性胰臟炎，胰臟發炎會非常痛，不到醫院無法處理，若是反覆發作，則會變成慢性胰臟炎，當胰臟的功能持續受到影響，細胞癌化的機率就會增加，變成胰臟癌。

酒精對消化道也有相當大的影響。酒精進入身體後，會讓處在食道與胃中間的肌肉（賁門）收縮能力下降，而無法關閉食道與胃之間的通道，如此一來，胃酸就會更容易回流到食道，也就是所謂的「胃酸逆流」，食道可能因此灼傷、甚至病變。當酒精到了胃之後，會破壞保護胃壁的胃黏膜，讓胃黏膜抵抗胃酸的能力下降。同時，酒也會促進胃酸分泌，兩者都可能增加胃潰瘍與十二指腸潰瘍的風險，反覆的胃潰瘍也可能進展成胃出血，間接增加胃癌的風險。到了腸道之中，由於酒精對腸道來說也是刺激物，可能使腸道蠕動加快或是幅度增強，造成腹瀉。

除了消化系統以外，酒對於心血管系統也有負面影響，包含增高血壓、增加心律不整與心臟疾病的風險等；對於泌尿生殖系統，則會造成頻尿，導致尿道炎發生的機會提高；對於神經系統，則除了上述的情緒影響，還可能會讓腦部受損，影響認知功能、判斷力與記憶力；酒精之於女性，則可能會使月經失調。其他許多關於酒精對身體的影響，實在一言難盡。

當柳永感嘆時光不再，自己的興致與能力不如以往時，或許便是出現了酒精長期作用後的影響。在性功能方面，包含男性勃起障礙、射精障礙，或是需要更大刺激才能達到性高潮，甚至無法達到性高潮等，都不少見，推究其原因，可能與酒精刺激導致睪固酮的分泌下降有關。此外，男性精液的產量減少、精子數減少，也都和長期飲酒相關。

‧‧‧‧‧‧飲酒的心理影響

柳永喝了酒之後的情緒表現，在醫學上是有理可循的，其中，血清素的高低與情緒有相當大的關係。研究顯示，長期飲酒後，腦內的血清素濃度會下降，而當血清素減少時，情緒表現便會不穩定，較常出現憂鬱低落、感受不到喜悅等樣態。這也是為什麼柳永長期飲酒之後，會如實寫出感受不到快樂的心境，也就是「無味」了。

更進一步來說，柳永原先希望的「藉酒澆愁」，會不會導致「愁更愁」呢？長期喝酒，除了血清素減少之外，也會讓身體感受血清素的能力下降、負責接受血清素刺激的神經接受器變得較不敏感。換句話說，就算有相同份量的血清素刺激，也會因為較不敏感而無法達到同樣的效果，一旦整個血清素系統無法回復到原本狀態，情緒就會在酒精的影響下，表現得更為不穩、更加低落憂愁。

酒精的生理影響

心血管
高血壓
心律不整
心臟病
肝臟
肝炎
肝硬化
肝癌
泌尿道
頻尿
尿道炎
胰臟
胰臟炎
胰臟癌
性功能
勃起障礙
射精障礙
性慾減弱
腸胃道
腸胃道發炎
腸胃道潰瘍
腸胃道出血

飲酒的睡眠影響

柳永的個人經驗也和現今的研究相應。醫學上，從腦波觀察飲酒者的睡眠結構，發現短期使用酒精時，的確會讓入睡時間減少，也就是達到所謂「飲酒助眠」的效果。然而長期使用酒精，將破壞一整晚的睡眠週期，不僅會導致快速動眼期增加，使做夢的比例與時間變多，也會使淺眠期相對於深睡期的比例增加，容易睡到一半就醒過來。

酒精造成的長期影響，總歸一句話，就是淺眠多夢、間斷易醒，常常一整晚都半夢半醒，睡了又好像沒睡，半夜醒來後又睡不著。飲酒像這樣讓人睡不深，睡不深便可能較難恢復體力，人也就因此更為憔悴了。

五

「淒淒慘慘戚戚」時該如何排煩解憂？

——李清照：「喝起來！」

接著我們要將眼光從男神柳永移到女神李清照身上。李清照是中國文學史上一顆璀璨的星星，她將生活情境與幽微情緒寄託在詞中，得到了古今廣大的共鳴。

值得注意的是，李清照從非常年輕時就開始喝酒，樂於分享的她還寫下來與大家分享。青少年喝酒有什麼特點？同時，女性飲酒又有什麼特點？李清照將在本章現身說法！

尋尋覓覓，冷冷清清，淒淒慘慘戚戚。（〈聲聲慢〉）

李清照這首〈聲聲慢〉一開頭就用了七組疊字，古今罕見，大家一定耳熟能詳。順著讀下去，「乍暖還寒時候，最難將息」，每到入秋，氣溫忽熱忽冷，總叫人難以適應。外在氣候的反覆無常，增添了詞人內心的煩悶，當李清照心情糟到極點的時候，她會做些什麼呢？「三杯兩盞淡酒……」是的，她喝了點酒，想讓自己的心情回溫，不料，區區幾杯酒，「怎敵他、晚來風急？」外頭風冷，吹得她心更冷。獨飲的李清照看著雁過花落，聽著雨滴梧桐，在這淒慘悲涼的處境中，又「怎一個愁字了得？」。

李清照是宋代文壇最傑出的女詞人，她生前創作頗多，但身後流傳的詞作僅五十餘首，現存作品中，包括〈聲聲慢〉在內，高達二十首以上提到了「酒」，而詞句中寫到「醉」字者亦有十餘首，顯示酒在李清照的文學成就中佔有一席之地。那麼，我們又該如何看待酒在李清照生命中所扮演的角色呢？

若是將李清照的創作分成幾個階段[1]，便能試圖從三個不同時期的詞作中，探看詞人與酒之間的深刻緣分，並從中觀照女性飲酒者的一些特點。

小小清照，大大酒膽

李清照由於家學薰陶、自小喜好詩文，少年時期就寫了不少好詞，詞中呈現了活潑青春的形象，也透露了些許少女情思。特別的是，李清照在少女時期就遇見了酒，她不只喝，還興奮地告訴大家她喝了！

常記溪亭日暮，沉醉不知歸路，興盡晚回舟，誤入藕花深處。爭渡，爭渡，驚起一灘鷗鷺。（〈如夢令〉）

她傍晚去附近溪亭遊賞，喝了酒、玩得盡興，醉到不知回家的路，還自駕小舟闖進溪畔盛開的荷花中進退不得，這樣說來，也許她從小酒膽就還滿大的。詞中畫面優美、詞人醉態生動，彷彿歡遊的笑語仍縈繞耳邊，李清照用「沉醉」二字，整個人浸在醉意中，反覆回想的不是特定風景或哪一段友人相聚，難忘的或許是飲酒後那份自由自在、不受拘束的感覺。雖然無法得知她喝了多少，但很可能足以影響她的判斷力及行為能力，除了認不清方向外，若小舟是她一人所駕，會不會連如何使力、使對力氣都有困難呢？

另一首詞也是李清照寫於少年時期，一樣寫了「沉醉」，心情卻截然不同：

莫許杯深琥珀濃，未成沉醉意先融。疏鐘已應晚來風。瑞腦香消魂夢斷，闢寒金小髻鬟松。醒時空對燭花紅。（〈浣溪沙〉）

別因為杯深酒濃而停杯，要在酒還沒讓人沉醉之前，先感受那份融融自樂的感覺。從詞面觀之，詞人除了喝的量可能「不少」外，也提到了喝酒的目的是讓自己快樂點、灑脫點。然而，愁思讓人在睡夢中心神不寧，醒來時只覺悵然若失，和柳永原先期待藉酒澆愁一樣，結果全然不符自己一開始的期待。李清照對於酒精的描寫，從「意融」到「沉醉」的轉折都是行家說的話，她要的是沉醉前的意融、自己嚮往的境界，然而喝到後來，卻都成了「魂夢斷」、「醒時空」。

丈夫出差，陪伴日漸消瘦的李清照的是……

李清照十八歲時與趙明誠成婚，兩人志趣相投、感情融洽，在外收藏金石書畫，在家整理校勘，當時蔚為一段佳話。然而，為官的丈夫總有離家出差的時候，當丈夫遠行出遊，僅留自己在家，想見見不到，要找人說話又沒有對象，心中落寞的情緒，李清照敏銳地捕捉並於詞中呈現。

「斷香殘酒情懷惡。西風催襯梧桐落。梧桐落。又還秋色，又還寂寞」[2]，情懷惡的「惡」字，直率地寫出酒後苦衷，心情有多糟，面對秋景更為寂寞；「東籬把酒黃昏後，有暗香盈袖。莫道不消魂，簾捲西風，人比黃花瘦」[3]，別離後，李清照常常伴著菊花一喝就是一下午，不只心情低落、思緒紛飛，連人都比菊花瘦了；而〈鳳凰臺上憶吹簫〉裡「生怕離懷別苦，多少事、欲說還休。新來瘦，非干病酒，不是悲秋」，李清照特別強調她如此消瘦，不是因為酒喝太多而生病，也不是因為悲秋——那是為什麼呢？

一次又一次，李清照紓發了離別相思之情；一次又一次，良人遠去，陪在身旁的僅有酒，以酒入詞、藉酒伴愁成了詞人這時期的主旋律。無論是「殘酒」、「把酒」、「病酒」，李清照都表達出了「沒有酒就是不行」的境況。雖然對酒如此依賴，也強調「非干病酒」，而是因傷離別讓自己更為消瘦，但她之所以越來越瘦，也許不單只是因離別、愁緒而食不下嚥，在酒精影響下，食慾不振、消化道吸收不佳，可能都是原因之一。

晚年的李清照哪一天不喝酒？

南渡後的李清照，因戰亂流離飽嘗艱辛，深愛的丈夫又在她四十三歲時過世，國破、家亡雙重打擊，使她的心緒更加愁苦煩憂。此時的李清照不僅詞風大變，日常生活中對酒精的依賴也更加明顯。面對時光流轉、景物變幻，她總是能夠找到理由圖上一醉。

「隨意杯盤雖草草，酒美梅酸，恰稱人懷抱」[4]，這是李清照在春天的上巳節喝酒；「不如隨分尊前醉，莫負東籬菊蕊黃」[5]，這是她在秋天賞菊時喝酒；而「年年雪裡，常插梅花醉」[6]，冬天對著梅花，她仍舊喝個不停。季節變化或許是最容易觸發心中感慨的時刻，李清照心思細膩，一旦捕捉到衷情就寄託予酒，喝酒麻痺自己後，便有一時半會兒不需再想這些煩惱。雖然她在詞中點出了不同時序，但可以推測，無論佳節與否，她應是終日常醉的。

經歷過國破家亡、戰亂流離的李清照，透過酒精尋找慰藉，才似乎能勉強接受世事變遷。面對歲月流逝，有時候透過酒精可以讓人輕鬆一點，有時候酒精卻毫無幫助。「酒醒熏破春睡，夢遠不成歸」[7]，李清照描述她酒後睡眠片斷又易醒，好夢再也無法追尋，有時甚至「不如隨分尊前醉，莫負東籬菊蕊黃」[8]，實在不知道該怎麼做才好，不如讓自己深醉一番，把握當下的些許快樂。

李清照的一生與酒不離不棄

滿地黃花堆積。憔悴損，如今有誰堪摘？（〈聲聲慢〉）

解讀李清照的一生，她是位女性、開始喝酒的時間相對年輕，分別可以代表女性飲酒與青少年飲酒的特點。將年輕時的詞作與晚年對比，晚年李清照的「醉」字比例比「酒」字來得高，很值得多加琢磨。會不會是她年輕時還可以區分「意融」與「沉醉」，享受飄然舒暢的感覺，等到年紀稍大，就只剩下「醉」了？晚年的她寫道：「**三杯兩盞淡酒，怎敵他、晚來風急……**」沒喝幾口就不喝了，酒後對情緒仍沒有什麼幫助，無怪乎看到滿地的菊花「憔悴損」，她聯想到自己的身體憔悴，最後，「**這次第，怎一個愁字了得？**」更只能唱出自己同樣憂愁憔悴的心情啊！

●●●● 參考資料

于中航，《李清照年譜》，臺北，臺灣商務印書館，一九九五年。

column

成癮科學

怎麼看待小小清照就喝酒

——青少年與女性飲酒的特點

青少年飲酒的特點

李清照十八歲結婚，婚前就寫過飲酒的作品，想來應是未成年飲酒，她在這麼年輕時就喝酒，從神經學上來看，會影響到腦部神經發育。不同腦區的發育成熟時間不同，負責情緒的腦區較早成熟，在大約十二至十八歲發育完全，而負責理性思考與判斷能力的大腦額葉皮質（frontal cortex），則是腦部最後成熟的區域，要到大約二十五歲才發育成熟，等於是到大學畢業、甚至研究所畢業的年紀才成熟。

酒精對於腦部而言是外來的刺激物，未成熟的腦部若受到酒精的刺激，無法抵擋酒精的傷害，便容易產生不良影響，因此青少年開始喝酒與成年才開始飲酒相比，嚴重程度更深、影響更為複雜。若在二十五歲之前飲酒，酒精將減緩大腦發展的生長速度，損害腦部進行中的發育，尤其影響額葉的功能。

多項研究比較了發展中的腦部被酒精影響後的表現，指出比起腦部未受到酒精影響的人，這些腦部受酒精影響的人，他們長期的記憶力減低、判斷力下降、注意力易不集中，且自我控制的能力下降，這些影響可以說是層面多且廣泛，尤其酒精會影響青少年長期的學習與記憶能力，需要特別注意。除此之外，青少年飲酒的另一特點，是比較不會因為酒精影響而嗜睡，因此更容易被低估飲酒後的危險。

根據臺灣國民健康署的國民健康訪問調查結果，臺灣人口中，約有四十萬青少年曾接觸過酒精飲料，而青少年飲酒還有一個特點，就是和成年人比起來，有較高的比例會在短時間內一次喝下大量的酒，也就是所謂的「暴飲」，推估臺灣人口約一百萬人有暴飲的情形。青少

青少年飲酒的特點

年暴飲可能是被同伴影響，或是與社交娛樂性飲酒有關，而暴飲隔天常會有疲倦、頭暈、頭痛等表現，對於身體的影響也更為嚴重（頁85）。根據臺灣調查結果，發現十八至二十九歲的暴飲率在所有年齡層中最高，接近七%，而吸引民眾目光的「喝酒喝到飽」、「〇〇酒無限暢飲」的行銷宣傳，不知道會不會也增加了暴飲的機會？

同時，越來越多研究顯示，不論是學校中的適應障礙或是危險性行為、危險駕駛、攻擊暴力、甚或是自傷自殺等情形，在受酒精影響的青少年之中，比例也不約而同地升高，而越早喝酒，成年後產生依賴酒精的機會越高。整體而言，青少年飲酒的影響比成年人更深、更廣，這就是許多醫師會提醒「青少年應該要遠離酒精」的重要原因。

暴飲

英文為 binge drinking 或 heavy episodic drinking，中文或譯為「狂飲」，強調短時間內大量飲用酒精的飲酒模式。世界衛生組織（WHO）將暴飲定義為「過去一個月內的某一場合中，曾飲用 6 個標準單位酒精以上的酒」。而美國國立酒精濫用與酒癮研究所（NIAAA）的定義為「飲酒導致血中酒精濃度在每 100 毫升佔 0.08 毫克以上」；在成年人中，相當於「2 個小時內，男性飲酒為 5 個標準單位酒精以上，或是女性飲酒為 4 個標準單位酒精以上」。（標準單位酒精，見頁 47）

女性飲酒的身心特點

傳統儒家社會中，常賦予女性相夫教子的角色，即使女性有飲酒問題，也較少被揭露，若不是李清照樂於、敢於將酒寫出來，我們將難以見到如此立體的形象。[9]

李清照從少年時期就有許多飲酒的體驗，無論是追求快樂或遠離愁緒，憑藉的都是手上的一杯酒，然而，可能是因為女性先天酒精耐受性較低，或是年紀太小即接觸酒精，少年時期的李清照似乎不用喝太多酒就能「沉醉」。從現代醫學觀點來看，女性身體組成中的水分比例較男性低，因而能代謝酒精的水分空間較少，使酒精濃度相對於男性易偏高。同時，女性的乙醇去氫酶（頁59）較少，乙醇去氫酶是人體主要代謝乙醇（酒精）的酵素，因此女性酒精代謝較男性慢、酒精分解量較低，酒精濃度維持較高，人體較容易醉。

李清照這樣的飲酒方式到婚後，不論是離愁別怨時飲酒或擔驚受怕時飲酒，進一步觀察，可以發現她的飲酒量變多、飲酒的頻率增加、整體飲酒的時間變長，這時飲酒已漸漸成為她的生活重心，可能達到了酒精成癮的表現。實際上，女性飲酒達到成癮的表現，進展往往比男性來得容易。

從一杯就倒到千杯不醉，這是成癮醫學中所謂的酒精「耐受性」（tolerance）提高了，表示人體內能承受的酒精量增加，也就是俗稱的酒量變好了。如此一來，同樣的酒精量已經對身體沒有效果，反而要更多才能達到一樣的效用，這些是腦部神經面對酒的刺激時會有的正常反應。與男性相比，女性的酒精耐受性較低，身體在受到酒精的刺激一段時間之後，男性酒量或許會大增，但因女性酒量的增加幅度較男性小，女性看似酒量變好、更能喝，然而實際上，身體代謝酒精的能力並沒有提升太多，負擔一樣大，因而女性飲酒更容易酒精中毒，造成肝臟、消化道併發症增加，惡化也較快。根據衛生福利部的看法，[10]女性每日飲酒的建議量僅為男性的一半，亦即女性的飲酒過量標準，比起男性更為嚴格。

到了年紀再大一些，李清照經歷國破家亡，無處宣洩一腔愁緒，日常生活便無酒精不

女性飲酒的特點

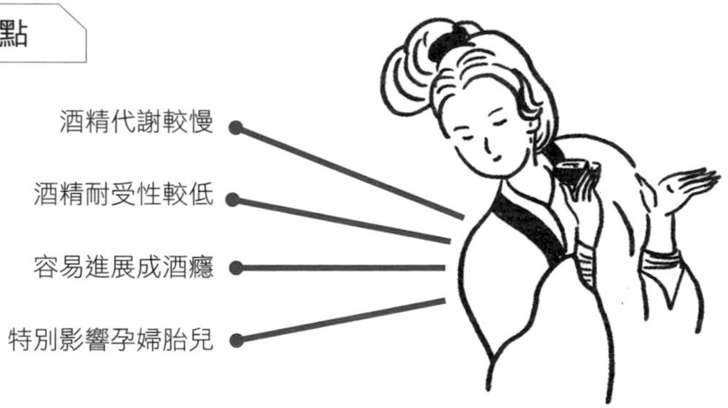

可。晚年的李清照代表的是許多女性飲酒的主因——出自睡眠或憂鬱、焦慮等情緒問題，而面對內外壓力時，以較為壓抑情緒的表達方式宣洩，也常是飲酒頻率增加的主要原因。

另外，女性酒癮者同時需要考量其他影響，除了親職功能受到影響外，若是懷孕婦女飲酒，酒精經過胎盤進入胎兒內，胎兒的酒精濃度甚至可能比孕婦還高，畸胎、早產、流產之風險皆會提高，胎兒酒精症候群（fetal alcohol syndrome）所描述的就是孕婦飲酒所導致的胎兒異常。

反過來說，男性飲酒也有其特點，男性的飲酒行為可能更容易受到基因遺傳影響，從青春期就開始飲酒的比例也較女性高，男性若是從青春期就開始飲酒，其後影響情緒、發生危險行為，或是使用其他藥物的機率也都會增加。

六

「兒童相見不相識」的眞正原因

——賀知章其實是個酒鬼？

李清照年輕時就開始喝酒，長年下來，會有什麼影響呢？這個問題就讓八十歲的賀知章來替我們解答吧！

賀知章在酒後做過什麼有趣的事？他的兩位忘年之交——酒仙李白與酒聖杜甫，怎麼形容他？他又怎麼看待自己呢？在本章，還要研究喝酒對老年人造成的腦部影響與行為改變，這一點會不會也和賀知章有關？

少小離家老大回，鄉音無改鬢毛衰。兒童相見不相識，笑問客從何處來。（〈回鄉偶書〉）

這首詩是賀知章的感嘆，他擷取了生活的小片段，寫出老者的感慨。賀知章三十幾歲中進士，便離開故鄉越州五十年，待告老返鄉時，已是八十多歲的長者。當他回到家鄉，家鄉的小朋友都不認識他了，還問了明明是在地人的自己「從哪裡來的？」也難怪他萌生世事滄桑之感。

然而，故事可能沒有這麼單純。「兒童相見」如果「不相識」，通常就默默擦肩而過，若不是出於什麼特殊的理由，兒童怎麼會停下來，還多看了賀知章一眼，笑著開啟了一段新的話題：「老先生（老頭啊）！（你怎麼這麼特別）你是從哪裡來的呢？」賀知章會這麼用字應有特殊之處，為了理解前情脈絡，我們要試著從史書中找尋一些蛛絲馬跡。

《唐書》對賀知章退休時的特別描述

《舊唐書》中記載：

天寶三載，知章因病恍惚，乃上疏請度為道士，求還鄉里，仍舍本鄉宅為觀……至鄉無幾壽終，年八十六。

天寶三年（七四四年），賀知章八十六歲，當時他「因病恍惚」，奏請唐玄宗說要回鄉當道士，卻不到一年就過世了。這是怎麼樣的身體狀況呢？史書中「恍惚」二字，可解釋為心神不寧或神志模糊不清，會如此記載，實在很不尋常。但也許《舊唐書》的紀錄不夠完整，讓我們再往《新唐書》找資料。

《新唐書》中所描寫的賀知章：

天寶初，病，夢游帝居，數日寤，乃請為道士，還鄉里，詔許之，以宅為千秋觀而居……卒，年八十六。

八十多歲的賀知章生了一場重病，病中夢見天帝的居所，昏睡了好幾天才醒來，夢醒後，他請求辭官，希望回鄉當道士，皇帝也允許了。

賀知章怎麼了？又是神志模糊不清，又是連續做夢昏迷好幾日？這和「兒童相見不相識」有沒有關係？以下我們就要來了解賀知章那幾年的生活有沒有什麼特別的地方。

李白、杜甫合力打造的「酒仙」

除了前述的史料外，我們還能從旁人的評價來了解賀知章。賀知章是一位頗照顧晚輩的人，小他四十多歲的李白，在他過世後一兩年內曾這麼寫道：

> 四明有狂客，風流賀季真。長安一相見，呼我謫仙人。昔好杯中物，今為松下塵。金龜換酒處，卻憶淚沾巾。（〈對酒憶賀監二首並序〉之一）

李白和賀知章是忘年酒友，他們初次相遇時，賀知章對李白的詩作讚嘆不已，直說他是從天而降的神仙，而有名的「金龜換酒」典故也是出自這兩位酒友——賀知章為了喝酒，竟然不惜解下高級官員才擁有的金龜佩飾，拿去換酒。李白感嘆前幾年他們倆還一起喝酒呢，怎麼賀知章這麼快就去世了！「昔好杯中物，今為松下塵」，之前喜歡杯中物，如今卻化為塵土了，究竟賀知章的死與「杯中物」是否有因果關係，目前還難有定論。

接著再來看看杜甫與賀知章的緣分。杜甫比賀知章小五十多歲，賀知章過世之後，杜甫約在天寶五年（七四六年）寫了〈飲中八仙歌〉[1]，把賀知章奉為八仙之首，詩中描述的時間大約就是賀知章回鄉那幾年，他寫道：

知章騎馬似乘船，眼花落井水底眠。

賀知章喝醉後騎著馬，搖搖晃晃地就像坐在船上一樣，在醉眼昏花之際，不小心掉進井裡，竟然就在井底水中睡著了。

這個故事並不像《紅樓夢》第六十二回〈憨湘雲醉眠芍藥裀〉中史湘雲喝醉後，睡在戶外一塊青板石上，頂多風吹受寒感冒，不會有生命危險。賀知章「眼花落井水底眠」分明是個可怕的故事，當下，杜甫會不會看傻眼了？一般人碰到井內冷水的刺激通常就會醒過來了，但賀知章竟然毫無反應，身旁好友可得趕緊瞧瞧他是身體哪裡受傷？或是人已經暈了過去？還是單純醉了無法清醒？不認真看待的話，一不小心賀知章就會一命嗚呼的！還好最後一干好友把他救了上來，不過，杜甫竟然還把這段軼事傳為飲酒美談，奉他為酒仙，真是太弔詭了。

不知道當賀知章被大家救醒時有什麼反應呢？若是都還記得的話，他一定頗感驚訝，慚愧之餘，下次喝酒可能就會多一份謹慎小心。但若是他不記得摔跤落井，甚至連騎馬這段都忘光，那可能就是酒後失憶——「斷片」了。麻煩的是，沒了這些記憶與警惕，有一就有二，雖然這次幸運地躲過一劫，但難保下次不再犯啊。

李白和杜甫兩人的詩中皆透露出了微妙而重要的訊息，那就是「酒」。我們得以窺見，晚年賀知章的酒量很大，不僅頻繁喝，還不擇手段地喝，甚至不顧危險地喝！

放膽喝，沒有人能比我狂！

除了李白和杜甫供出了晚年賀知章愛喝酒外，賀知章還有什麼特別之處，會讓「兒童相見」時特別注意呢？下面兩本史書是這麼描寫的：

> 知章晚年尤加縱誕，無復規檢，自號四明狂客，又稱「祕書外監」，遨遊里巷。醉後屬詞，動成卷軸，文不加點，咸有可觀。（《舊唐書》）

斷片（blackouts）

中文或譯為「黑矇狀態」、「空白」、「昏黑狀態」，斷片為其俗稱，指飲酒後失去當下記憶的表現，包含片段記憶喪失或完全無法恢復事件的記憶，原因為酒精暫時阻止短期記憶區的記憶儲存至長期記憶區。

酒精對記憶的影響，會讓人無法準確記得飲酒當下發生的事。斷片常出現在飲酒後，對於飲酒當時的記憶全都一片空白，若是短時間內大量飲酒，斷片的可能性會大幅增加，尤其在年輕人當中，這樣的記憶喪失更常出現。喝酒後時常讓人更為衝動，若有危險行為，如酒後暴力、性行為、酒後開車等，一旦加上斷片表現，全然忘記所作所為，那麼無論是對自己或他人，影響可能更嚴重，下次再犯的機率也更高。

知章晚節尤誕放，遨嬉里巷，自號「四明狂客」及「祕書外監」。每醉，輒屬辭，筆不停書，咸有可觀，未始刊飭。（《新唐書》）

賀知章在八十多歲退休前做了大官，當到太子賓客、祕書監，具有相當崇高的地位，但他給自己取了個「四明狂客」的名號，還自稱「祕書外監」，好像自己不是體制內的官員，有那麼一點不務正業的感覺。史書中描述他「遨遊里巷」、「遨嬉里巷」，也給了我們很大的想像空間——一個大官不乘馬、不坐轎，反而走路，在京城長安的大街小巷遊玩閒晃。除了史書給賀知章貼上了閒晃的標籤外，他自己也並未否認，反而在詩中寫道：

主人不相識，偶坐為林泉。莫謾愁沽酒，囊中自有錢。（〈題袁氏別業〉[2]）

某天，賀知章閒逛到一座順眼的別墅，他對別墅主人說：「我們不認識沒錯，我來到貴府只是為了欣賞你這兒的林泉美景。你別擔心沒錢招待我喝酒，我的口袋裡不缺這些打酒錢。」猜想賀知章的言下之意是：讓我們一同欣賞美景（假的），一起暢快喝酒吧（真的）！

若是突然有個大官跑進自家院子，一來就說要喝酒，還叫自己別麻煩了，一般民眾還敢不快點備好美酒？而且喝完酒後還敢向大官收酒錢嗎？應該嚇都嚇死了吧！這時的賀知章雖然仍在朝為官，但他已經「遨嬉里巷」般自由自在了，因此當他退休後，是不是也如此隨意閒晃、隨意進人家門、隨意找人喝酒呢？下面我們就來看看賀知章周圍都是哪些人，而這些酒友的行為，是不是和他有得拚？

賀知章很可能有酒後譫妄症狀

除了酒仙李白和酒聖杜甫兩位，賀知章還有許許多多的酒友，到了非酒不能成友的境界，這可以從杜甫的〈飲中八仙歌〉中來觀察，除了賀知章酒駕與醉後跌倒，其他「七仙」也不遑多讓！

這「七仙」中，有花大錢買酒的；有喝到像要把河川飲盡的；有原本吃素，喝酒後就破戒的；有酒後高談闊論的；有皇帝宣見也不理的。李白應是八仙中最年輕的，卻也將近五十歲，其他七仙大多是他的長輩，因此，可以說杜甫〈飲中八仙歌〉所描寫的，其實是「老人酒後眾生相」，飲中八仙的「酒後眾生相」個個都有獨特的地方，但就整體來說，都是腦部失去控制中心的表現，所以都更為狂放了。

至於賀知章，他晚年病得不輕，甚至連個性都改變了，成為一位放縱不羈、發生「去抑制」現象的老年人，長年喝酒影響，使他神智不清、四處遊走，這很可能是譫妄（delirium）

的表現，一旦有譫妄表現，若不及時處理，就可能危及生命。

雖然沒有證據指出與酒精的直接關聯，但從賀知章回鄉前被記載的「縱誕」、「遨嬉里巷」，以及後段提到的「醉後……」、「每醉……」在在指出酒在賀知章身上的影響似乎不能小覷。而透過杜甫、李白兩位晚輩以詩詞為包裝，捧著「酒仙」的名號，讚揚並美化了賀知章的飲酒行為，正好提供我們一個旁證——酒精和他的疾病有關！賀知章所體現的老年人飲酒特點，可說比年輕人飲酒還要危險。

酒後的賀知章在鄉里間，想喝酒就喝酒、想去哪裡就去哪裡，衣著可能不整潔，身體也可能不乾淨，雖然無法肯定是不是酒後譫妄，但他神智不清、無目的閒逛，晃到了別人家中，劈頭就說要喝酒，也會坐在路旁高談闊論，逢人就開心地招手攀談，幾次下來，難怪小朋友不怕生，看到他就如同看到其他酒鬼一般，覺得十分好玩，也才會「**笑問客從何處來**」了。

解讀賀知章奇特行爲的背後原因
——長期飲酒與老年飲酒的特點

長期飲酒導致腦部抑制中心的功能下降

無論是杜甫描述的賀知章醉後騎馬，或是史書用「縱誕、誕放」等詞形容賀知章，在情緒或是行為上，賀知章晚年的放縱不羈，似乎都超出了當時禮教的束縛度。綜合前後文，我們推論這可能來自於長期飲酒的影響，稱為酒精造成的「去抑制」（disinhibition）現象。

人類有基本的慾望與衝動，但腦中「抑制系統」讓我們不會想到什麼就去做什麼，面對慾望，能盡量踩煞車而控制住。然而，酒精會降低大腦「抑制慾望與衝動」的系統，當抑制系統功能下降，煞車壞掉後，慾望和衝動就會快速化做行為，這就是所謂的「去抑制」現象。

大腦的「抑制系統」來自於大腦額葉皮質，額葉除了負責認知與執行功能外，還主掌調節情緒、控制慾望與衝動等功能。我們可以想像額葉是腦中的風紀股長，是一個抑制、約束的理智中心。飲酒產生的「去抑制」現象，就好像風紀股長被換掉，整個理智中心被破壞了，因而理性思考減少、甚至整個人性格大變！

長期飲酒導致營養缺乏，造成腦部病變

長期使用酒精，對於腦部有多重影響，其中長期喝酒會加快維生素的代謝，導致身體中缺乏維生素，如同營養不良一般，尤其缺乏維生素B1會導致急性的「魏尼克腦病變」（Wernicke encephalopathy），常見的表現是眼睛的肌肉麻痺（ophthalmoplegia）、步態失調或走路不穩（ataxia），還有意識混亂（global confusion），而補充大量的維生素B1或許可以改善。其中，這樣的意識混亂可能就是賀知章「因病恍惚」的表現。

另外，長期飲酒影響記憶，可能是因為飲酒導致缺乏維生素B1，進展成不可恢復的「科爾薩科夫氏症候群」（Korsakoff's syndrome），不管是新的記憶難以記起來、舊的記憶無法找出來，或是為了掩飾記憶空白而自行編造故事，成為所謂的虛談（confabulation），都是記憶喪失的表現。由於魏尼克腦病變與科爾薩科夫氏症候群都和缺乏維生素B1有關，常合稱為「魏尼克－科爾薩科夫症候群」（Wernicke-Korsakoff syndrome）。

老年飲酒的身體多重影響

長期使用酒精，對於年長者來說是較為危險也較難處理的。由於老年人生活上不需要執行太多功能，故較難發現飲酒所造成的影響，加上老年人的病識感較不佳，不知道長年飲用酒精帶來的問題，更無法自行發現。

飲酒量方面，通常年紀越大酒量會越好，代表酒精「耐受性」提高（頁101），酒的影響也會隨之增加，然而，年紀越大酒量卻變少，則不能太樂觀，這不一定是減酒成功，反而可能是因為身體狀況更不好、代謝更差，因此較少的酒就能達到一樣的效果，我們稱之為逆耐受性（reverse tolerance），出現逆耐受性，就是身體發出的重要警訊。

老年人飲酒造成更為嚴重的身心問題可分

老年飲酒的特點

為以下幾項：

首先，飲酒造成的身體症狀（常見的有腸胃道疾病、肝膽胰發炎、手腳顫抖等）表現會比年輕人來得多且嚴重，同時，老年人因為喝酒導致的營養不良，後果也會更嚴重；心理的部分，則包含睡眠障礙、情緒起伏、憂鬱、焦慮等，都是老年飲酒者常出現的精神症狀表現；另外，老年人飲酒也較常出現認知功能、記憶功能方面的影響，而最需要擔心的是，老年飲酒者普遍平衡感不佳，容易滑坐、跌倒，甚至不良於行，導致身體惡化。

更麻煩的是，無論是飲酒、年紀大、失智、身體狀況差等，都會增加譫妄的風險。譫妄是一種急性症狀，是由於某些「生理異常」導致的類似精神病症狀的表現，常常起起伏伏，一下子清楚、一下子又混亂，表現則包含突然對於人、空間、時間說不清楚，也就是所謂的定向感不佳，還包含注意力差、胡言亂語、睡眠週期失調（日夜顛倒）等，屬於高危險的混亂狀態，需要及時治療處置（頁164）。

七

終究是錯付了！愛有多深傷就有多重

——破解李商隱的浪漫詞酒密碼

〈將進酒〉的最後，請來了深情的李商隱，他不像李白、賀知章那樣大口喝酒，而是如同李清照那般一點一點啜飲。李商隱的詩中往往不知不覺就提到了酒，他追求酒帶來的飄飄然，也對酒有無可比擬的期待。若是放長眼光來看，他的期待達成了嗎？若從飲酒的時程來區分酒對人的影響，李商隱的詩詞將提供我們各種有力的例證。

李商隱是晚唐唯美派詩人，在文學史上，他和同時期的杜牧以「小李杜」齊名，又與風格相近的溫庭筠合稱「溫李」。李商隱的詩不只用字綺麗，更精於用典，他以繁複生動的意象，刻劃自我纏綿的深情，喚起萬千讀者的共鳴，卻沒有一個人能真正看透他深埋的心思。朦朧的美感、無題的詩謎，使後世不禁感嘆：「詩家總愛西崑好，獨恨無人作鄭箋。」[1]既然無法看透李商隱，我們不妨打破實際的時間軸，以李商隱的杯中物作為主旋律，欣賞他悠揚於詩酒中的生命章節。

飲酒當下的感覺

此情可待成追憶，只是當時已惘然。（〈錦瑟〉[2]）

這是〈錦瑟〉詩中最廣為人知的名句。關於這首詩，歷代眾說紛紜，有人推測是李商隱寫給一位名叫「錦瑟」的侍女的愛情詩，也有人認為是作者感念亡妻、睹物思人的悼亡詩，當然也有一說，認為他是在影射當時政治環境與仕途失意的情緒。無論李商隱真實的動機為何，詩句所提到的那種「已成往事」的追憶與惆悵，都深植讀者的心中。

不論是面對官場文化或面對感情，李商隱壓抑的情緒難以紓發，而將這樣的情感寄託在詩中。在這當中，酒扮演著重要的角色，催化了李商隱這份真摯的感情，也讓他多了一種排遣的方法。若是將「**此情可待成追憶**」的「情」，引申為對「酒」的情感，我們可以從一連串的詩篇中觀察，酒如何讓他期待與愛戀，而後來的「**只是當時已惘然**」，又是怎麼樣的情懷？

初期飲酒所促發的愉快感

尋芳不覺醉流霞，倚樹沉眠日已斜。客散酒醒深夜後，更持紅燭賞殘花。（〈花下醉〉）

寫這首詩時，李商隱因母親過世而守喪在家。某一天，寂寞的他被美麗的花卉深深吸引，一路尋找芳菲、陶醉觀賞外，不知不覺也喝得大醉。傍晚日斜時，他隨意靠著樹幹就睡著了；而待到深夜時分較為清醒時，他仍意猶未盡地拿著蠟燭，靜靜賞花。

李商隱此時的賞花，不管是在傍晚或深夜、酒醉時或酒醒後，似乎都有自己賦予的一番趣味，對他來說，醉後微醺似乎更能感受花的迷人魅力，當稍微清醒後，就算面前的僅是殘花，也令人覺得陶醉。在酒的催化下，他的感官更為敏銳，心情也進入一種難以言喻的美好境界。

> 危亭題竹粉，曲沼嗅荷花。數日同攜酒，平明不在家。尋幽殊未極，得句總堪誇。強下西樓去，西樓倚暮霞。（〈閒遊〉）

這首詩中，李商隱連幾日帶著酒，和好朋友一起出去玩，清晨四、五點就不見蹤影，到了傍晚才盡興而回。他覺得就算沒看到最極致的美景也無妨，只要能想到幾句好詞就值得了。除了盡興地吟詠外，他沒說明白的是，「攜酒」出門讓他興致勃勃——不僅美景與良友相伴，酒也佔有一席之地。李商隱希望喝酒後帶來的是陶然舒服感，而這次閒遊，也真的讓他享受到了「因酣而樂」的舒暢，總體來說，酒精放大了他想要的愉快感（euphoric feeling）。

中期飲酒時，預期的愉快感逐漸降低

> 昨夜星辰昨夜風，畫樓西畔桂堂東。身無彩鳳雙飛翼，心有靈犀一點通。隔座送鉤春酒暖，分曹射覆蠟燈紅。嗟余聽鼓應官去，走馬蘭臺類轉蓬。（〈無題〉）

這首有名的〈無題〉後四句中，李商隱描繪了宴會上的熱鬧活動，他和大家玩著送鉤酒令、射覆遊戲，在觥籌交錯之中，氣氛歡欣愉快。然而，酒還沒喝完，他聽到了鼓聲，心情急轉直下，知道該上朝了，於是趕緊到蘭臺準備，此時，他便感嘆自己就像隨風飄轉的蓬草。李商隱喝完酒後歡欣愉悅的感覺，似乎比預期的還少，只是聽到鼓聲，酒所引發的愉快感就被身世的感嘆取而代之。

柳帶誰能結，花房未肯開。空餘雙蝶舞，竟絕一人來。半展龍鬚席，輕斟瑪瑙杯。年年春不定，虛信歲前梅。（〈小園獨酌〉）

這首詞描述李商隱在花園中獨自喝酒，原本要賞春卻沒能看到春花，只看到應該在冬日綻放的梅花，他於是看著蝴蝶飛舞，靜靜地一個人喝酒。此時的李商隱希望透過「輕斟瑪瑙杯」讓自己快樂些，然而前途迷惘、期待落空，原先酒能產生的愉快作用也似乎減低許多，僅僅稍微宣洩了他的低迷情緒。這時飲酒後所期待的愉快感降低了，只勉強維持著還可以的感覺（good feeling）。

長期飲酒僅能避免自己不開心

春物豈相干，人生只強歡。花猶曾斂夕，酒竟不知寒。異域東風溼，中華上象寬。此樓堪北望，輕命倚危欄。（〈北樓〉）

此時的李商隱身在南方桂林，當春天到來、景物如此美好時，他卻覺得與自己無干。他在南方感受的不是料峭春寒，而是暖溼的空氣，因而懷念北方的生活。這時候當他飲酒，酒後的舒服感已經不在了，表面上是因為沒有了寒意助興，實際上，飲酒能引發的愉悅效果似乎已不復見。李商隱想要透過酒來強顏歡笑，整首詩卻透露出他深深的悲嘆。

露如微霰下前池，風過迴塘萬竹悲。浮世本來多聚散，紅蕖何事亦離披。悠揚歸夢惟燈見，濩落生涯獨酒知。豈到白頭長只爾，嵩陽松雪有心期。（〈七月二十九日崇讓宅宴作〉）

晚年的李商隱提到，他那飄忽不定的歸鄉夢，僅有孤燈看得見，而他淪落失意的人生，也只有酒才知道。在落寞不遇時，伴隨著他的唯有酒，面對年華老去、四處客居的生活，陪著他的也只有酒。然而，過去原本想透過喝酒圖開心的他，這時卻少了期待中應有的愉快感，他的期待退了許多步，只求能避愁解憂就足夠。此時酒在李商隱身上的作用，僅能遠離當下的負面情緒（dysphoria escaping）。

我們透過李商隱的這些詩，重新看待他對酒的這份期待與真情，從期待飲酒所促發的愉快感，到愉快感逐漸不那麼強烈、維持還可以的狀態，再到僅剩下避免負面的情緒，可以說當初對酒的真心，如今已不再了。「此情可待成追憶，只是當時已惘然」，會不會也是他對酒的感嘆？

眼前沒有酒時的感覺

春蠶到死絲方盡，蠟炬成灰淚始乾。（〈無題〉[3]）

李商隱的真心誠意，不僅對人，也對酒。「春蠶到死絲方盡」，他是多麼感嘆啊，自己對於對方的思念，是這樣至死方休；「蠟炬成灰淚始乾」，他的淚像是燭淚一般，要等到蠟燭燒盡才有結束之時。這是李商隱對於感情的執著，就算會痛苦這麼久，他還是如此堅持著。若眼前這思念的對象換成美酒，李商隱是不是也會用同樣的那份堅持，面對眼前那杯酒呢？

飲酒初期有一份期待感

地勝遺塵事，身閒念歲華。晚晴風過竹，深夜月當花。石亂知泉咽，苔荒任徑斜。
陶然恃琴酒，忘卻在山家。（〈春宵自遣〉）

春夜裡，李商隱聽著風吹竹葉與泉流石間聲，看著月光花影與山徑蘚苔，渾然忘我地撫琴飲酒，不覺自己仍在鄉野山林之中。面對如此美好的景色，仗恃著同樣美好的酒來滿足自己，在還沒有喝酒前，他期待飲酒，飲酒能多一份陶醉、放鬆的效果，如此一來，才不會辜負一番景色啊。

舊著思玄賦，新編雜擬詩。江庭猶近別，山舍得幽期。嫩割周顒韭，肥烹鮑照葵。
飽聞南燭酒，仍及撥醅時。（〈題李上謨壁〉）

當李商隱到了朋友家，朋友用最好的食材款待，有剛割正新鮮的韭菜、現煮的葵菜，吃飽後，李商隱還聽說有當地知名的「南燭酒」，不免探探口風，偷問一下有沒有機會嘗嘗，而朋友竟也熱情地表示：雖然這酒還沒過濾，但仍然來得及一同享用啊！李商隱開心地與朋友一同喝酒，酒和這樣美好的經驗結合在一起，飲酒以助興的期待便被滿足了。這時候，李商隱對酒，是種期待（looking forward）的感覺。

飲酒中期成為一種渴望感

潭州官舍暮樓空，今古無端入望中。湘淚淺深滋竹色，楚歌重疊怨蘭叢。陶公戰艦空灘雨，賈傅承塵破廟風。目斷故園人不至，松醪一醉與誰同。（〈潭州〉）

李商隱到了潭州，感嘆過去此地的偉大人物都已不在，而應該赴約的朋友卻又還不來，從高樓往故鄉望去，他的心情應該很複雜吧？但李商隱這時候卻擔心著，有誰能和他一起開懷暢飲準備好的松醪酒呢？朋友不來，就沒有人與他分享酒了——但沒有人來，李商隱自己還喝嗎？從詩中來看，李商隱不但喝，還喝到醉，朋友來不來並不重要，這時候尚未喝酒的他，不單只是想念酒、期待喝酒，而是轉為需要酒、渴望喝酒了。

淒涼寶劍篇，羈泊欲窮年。黃葉仍風雨，青樓自管絃。新知遭薄俗，舊好隔良緣。心斷新豐酒，消愁斗幾千。（〈風雨〉）

〈風雨〉這首詩是李商隱晚年的作品，他感嘆，新交的朋友會遭到世俗的非難而無法持久，老友又因為各種原因阻隔而疏遠，當他想斷絕這些憂煩時，沒有其他方法，也不管要花多少錢，只想到要用新豐產的美酒來消愁解悶。這時候，李商隱渴望（desiring）喝酒，酒扮演的角色是解悶不可替代的必需品。

飲酒長期是一種不得不喝的著迷狀態

卜夜容衰鬢，開筵屬異方。燭分歌扇淚，雨送酒船香。江海三年客，乾坤百戰場。誰能辭酩酊，淹臥劇清漳。（〈夜飲〉）

鬢髮衰白的李商隱，就算在宴會中，但只要想到自己在異鄉工作，便感到悶悶不樂，當遠方船上的酒飄著醉人的芳香時，他問道：誰能夠推辭飲酒、不好好醉一場呢？就算自己酒醉臥躺，也比古人劉楨久病異鄉、病臥清漳還來得強呢。這時候的李商隱要圖個酩酊一醉，只有喝酒是解方，無法推辭，不醉對不起自己。

> 固有樓堪倚，能無酒可傾。嶺雲春沮洳，江月夜晴明。魚亂書何託，猿哀夢易驚。舊居連上苑，時節正遷鶯。（〈思歸〉）

李商隱登上了高樓，想遠望故鄉，看著自己落魄流離、無法回家鄉，這樣的心情下，「能無酒可傾」——他能不喝酒嗎？想當然耳，沒有酒的他，應會執著地想方設法取得酒吧（obsessive and planning to get drug）！李商隱不作它想，只能透過酒來消除當下心中的苦悶。此時，飲酒已經不是期待感、不是渴望感，而是一種不得不的作法。

如此，李商隱對酒精，同樣是「春蠶到死絲方盡，蠟炬成灰淚始乾」，一層加深一層，從期待與酒為伴、渴望飲酒，到不得不喝，終其一生，他對酒都處於心心念念之中。

> 直道相思了無益，未妨惆悵是清狂。（〈無題〉[4]）

面對酒精，就如同李商隱唱出的「直道相思了無益」，再怎麼去想都沒有用，這是因為身體的神經也會反覆進行自我適應，不讓外來物質——酒，影響到內在生理基本功能。當我們了解什麼是「神經自我適應」，那麼還需要惆悵地面對酒、癡情到底，為了飲酒在所不惜嗎？

●●●● 參考資料

韋偉祿，《李商隱酒詩研究》，中國西南大學碩士學位論文，二〇一五年。
Volkow ND, Koob GF, McLellan AT. *Neurobiologic Advances from the Brain Disease Model of Addiction*, N Engl J Med. 2016 Jan 28;374(4):363-71.

李商隱以「此情」對酒，只會「成追憶」
——酒後腦部神經的三階段變化

酒精對於神經系統而言是外來的物質，並不是體內本來就有的，因此，神經受到外來物質的刺激，會有一套免於長期受傷、自我適應的方法，我們稱之為神經自我適應（neuroadaptation）。這是一個神經自然而然、在每個人身上都會發生的反應，在神經的適應過程中，依照時程的長短，會有漸進式的生理與情緒反應。

以酒精來說，每一次飲酒可以分成三個階段：酒醉期、酒退期、無酒期，若是從成癮科學的角度來看，我們可以把這三個時期歸納成酒醉的「暴飲與中毒期」（binge and intoxication）、酒退的「戒斷與負面情緒期」（withdrawal and negative affect），與無酒的「沉迷與渴求期」（preoccupation and anticipation, craving）。

三個階段分別著重在不同腦區功能的表現，算是腦部不同區位的接力賽。飲酒的影響是環環相扣、周而復始的，而對神經的影響，同樣反覆不斷且次次加深，以下我們將分別從這三個階段討論在酒精初期、中期、長期的影響下，個人會有哪些漸進式的反應。

•酒醉期：暴飲與中毒期•••••••

以酒醉期來看，初期使用會有舒服、飄飄然的「微醺」感覺，可能令感官更為敏感，開心愉悅等，統稱為欣快感（即前述的愉快感）。這是因為飲酒之後，腦部分泌出多巴胺，讓人產生愉快感，但需要注意的是，這裡的多巴胺是短時間內大量分泌，對神經來說太過度，是一種負面的刺激。

隨著酒精使用時間越長，神經會啟動保護機制，讓身體對酒精這樣的外在刺激較為鈍化、不敏感，以減少神經受到反覆的傷害。因此，一段時間後，喝酒引發的欣快感越來越少，反應越來越麻木，逐漸回到還不錯、還可以的感覺（good feeling），當飲酒產生的欣快感降低，人們為了達到同樣效果，便只剩下一個方法，那就是再多喝一些酒，增強神經的刺激與多巴胺的分泌，勉強維持酒精一開始擁有的效果。

久而久之，喝酒感受到的正面情緒更少，連還不錯的感覺都可遇不可求，酒精這時候只剩下稍微麻痺壓力、短暫宣洩情緒的作用，喝酒僅僅成為避免讓自己不開心（dysphoria escaping）的行動，喝完之後，酒的效果一消失，便僅能繼續獨自面對壓力與負面情緒。更糟的是，酒精這樣的麻痺解憂效果，會隨著使用時間增加而失去效用！

酒退期：戒斷與負面情緒期

酒退期則是指退酒時，也就是戒斷症狀的表現。初期退酒的時候，人們會感覺到活力下降、體力減退（feeling reduced energy），因而反應較為遲鈍或疲憊想睡覺。我們可以想像成腦部在飲酒後大量分泌多巴胺，連儲存的那一份也都用掉了，因此退酒時的多巴胺來不及跟上，分泌量不足，而導致整體活動力下降。

飲酒一段時間後，在退酒狀態下，除了活力下降、想睡覺以外，人們對於外在刺激的興奮感（feeling reduced excitement）也會逐漸減弱，換句話說，原本日常生活能得到的滿足與興奮感，會因為神經自我適應而減低刺激的強度，讓人因此感到「無聊」、生活的趣味減少、提不起勁，這都是興奮感減弱的表現。

久而久之，體力不好、意興闌珊、對什麼事都提不起勁，甚至開始出現情緒低落、焦慮、不安等負面感覺（feeling depressed, anxious, restless），都是長期飲酒後典型的退酒時的表現，神經對於刺激鈍化、興奮感消失，反而更加深不舒服的感覺，最有名的就是李白所說的「**舉杯銷愁愁更愁**」，也就是這一段時期，他因為長期喝酒，除了提不起勁、感受不到快樂外，退酒時的心情也更為鬱悶憂煩了。

無酒期：沉迷與渴求期

沒有酒精的時候，人們會想到喝酒與喝酒帶來的舒服感覺，這種感覺不只是來自於心中，也有部分來自於身體的依賴。一開始在還沒有喝酒前，對酒往往是喜愛的，會有一股「若能喝點酒，就能放鬆、紓壓、開心」的感覺，這是一份嚮往的期待感，驅使我們尋酒、飲酒。初期飲酒，人們還享受著酒精帶來的效果。

一段時間後，這份期待感逐漸在神經自我適應下，變成較難以控制的渴望感，這種渴望，和一開始的期待感不一樣，有種迫切性與難以替代性，也就是說，從喜歡而「想要」的喝酒狀態，成為渴望而「需要」的飲酒模式。中期飲酒，酒精成了滿足渴望的解藥（desiring drug），「喜歡」酒的念頭和「需要」喝酒的想法已經開始脫鉤，這時人們不一定喜歡喝酒，但似乎需要喝。

久而久之，這種渴望感會逐漸變成強迫感，好像非要喝酒才能得到滿足，這時，心中時時盤踞著酒，「需要」喝酒也成了「不得不」喝酒，在這樣的長期飲酒下，人們對於酒精著迷以外，還會用盡方法取得酒，當自我控制的力量減弱時，被強迫感會越來越明顯，尤其會和原先「喜歡」酒的那份感覺越走越遠，成為「不得不」被動地喝酒。

以上分別從酒精成癮的三個階段，描述了短期、中期與長期使用可能造成的影響，喝酒一開始是開心興奮而充滿期待的，但反覆飲酒後，神經為了保護自己不受傷害，自動產生神經自我適應，長期下來，人們不得不喝酒，喝酒僅僅剩下解除當下憂煩、避免現在不開心的作用，而這部分的影響，是值得重新深思與重視的。

酒精成癮三階段

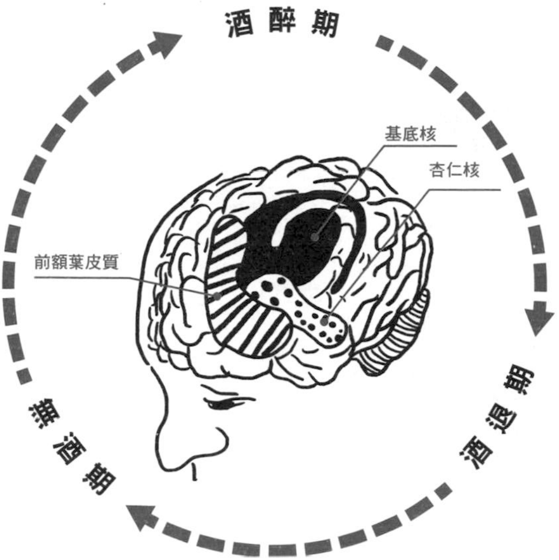

	腦部 主責區域	初期 飲酒效果	中期 飲酒效果	長期 飲酒效果
酒醉期 暴飲與中毒期	基底核	愉快感	感覺還可以	避免不開心
酒退期 戒斷與負面情緒期	杏仁核	活力下降	興奮感減弱	感到低落與焦慮
無酒期 沉迷與渴求期	前額葉皮質	想要酒	需要酒	不得不喝酒

第貳篇

將盡酒

酒啊，我要跟你說再見了！

唐宋文豪寫出了與酒分手的詩詞，不約而同要停酒——究竟發生了什麼事？停酒會碰到什麼難題與挑戰？他們又分別運用了哪些方法？最重要的是，能不能如其所願、順利停酒呢？若是還差一步，現今的我們又有什麼新招可以幫忙？下面就跟著成癮醫師一起來瞧瞧！

八

若要當他的朋友，就等著被勸酒吧

——把勸酒寫成詩的白居易

白居易的詩淺顯易懂，不管他做了什麼事，都會寫首詩留作紀錄，連「勸酒」這個日常動作都被他描繪得活靈活現，下面就來看看他如何勸別人、甚至勸自己喝酒！

此外，也因為白居易的詩太誠實了，所以我們同樣藉由這些詩來幫他做個「飲酒問題篩檢問卷」，面對問卷上這些問題，白居易將如何回答？他又可不可能有飲酒問題呢？

綠蟻新醅酒，紅泥小火爐。晚來天欲雪，能飲一杯無。（〈問劉十九〉）

隆冬時節，白居易新釀了米酒，放在火爐上溫著，看著天色漸暗，他邀請劉先生：「來吧！來我家喝一杯吧。」小詩平易可愛，溫暖的情誼自然流露，相邀飲酒這小小的舉動，充滿對朋友的思念與熱情。

白居易豪爽好客，和朋友多有聚會，聚會中不免喝點酒。他喜歡那種陶醉、放鬆的感覺，興致來了與朋友吟詩唱和，便留下了大量詩詞篇章，宋代方勺替白居易算了一下，「白樂天多樂，詩二千八百，言飲酒者九百首」[1]，也就是白居易一共寫了九百多首的飲酒詩詞，佔全部作品的近三分之一！

宴飲中，看到朋友的酒杯還沒見底，不免擔心對方不夠盡興、覺得不夠意思，這時，白居易會用各種方法勸朋友喝酒，口頭相勸不夠，他還用詩把自己的勸酒招式寫了下來。

白居易招式百出的勸酒法

第一招是號召身旁的美好事物，提醒朋友不要辜負了良辰美景。

「花下忘歸因美景，尊前勸酒是春風。」[2]白居易先是搬出了和煦春風來勸酒；「何必花下杯，更待他人勸？」[3]他會看著紅櫻對朋友說，都坐在櫻樹下了，有這樣的美景，就不需要等其他人來勸酒了吧？「今日清光昨夜月，竟無人來勸一杯。」[4]月光皎潔美好，竟然沒有人來勸你喝一杯！白居易將眼前景物靈活地運用在勸酒上，可說是物盡其用，你若是他的朋友，不喝也不行啊。

第二招則是告訴你喝酒有多麼美好，才這麼一點酒而已，就乾了吧。

「一杯驅世慮，兩杯反天和，三杯即酩酊，或笑任狂歌。」[5]一杯酒能趕走煩惱，兩杯酒可以恢復元氣，三杯下肚就能大醉忘我，要笑要唱都無拘無束；「憑君勸一醉，勝與萬黃金。」[6]如此喝酒一醉，可是比萬兩黃金還珍貴呢；「彼此相看頭雪白，一杯可合重推辭？」[7]若你不能喝了，白居易則會這樣鼓勵你：區區一杯酒，就不要再推卻，喝掉它吧！

第三招是故弄玄虛，喝完眼前的酒再告訴你原委。

> 勸君一醆君莫辭，勸君兩醆君莫疑，勸君三醆君始知。面上今日老昨日，心中醉時勝醒時。天地迢遙自長久，白兔赤烏相趁走。身後堆金拄北門，不如生前一樽酒。
>
> ……（〈勸酒〉）

和白居易喝酒，他會要你喝三杯。第一杯酒請你不要推辭，先喝吧；第二杯酒還是請你別懷疑，喝了吧；到了第三杯酒，他才告訴你為什麼要喝。因為時間匆匆留不住、金錢再多死了也無法帶走，與其苦悶度日，不如把握當下的愉悅，暢飲歡醉！

除此之外，白居易還有更多勸酒花招，連環變化技、無招勝有招，讓人防不勝防。

何處難忘酒，天涯話舊情。青雲俱不達，白髮遞相驚。二十年前別，三千里外行。此時無一醆，何以敘平生。（〈何處難忘酒七首〉之二）

莫入紅塵去，令人心力勞。相爭兩蝸角，所得一牛毛。且滅嗔中火，休磨笑裡刀。不如來飲酒，穩臥醉陶陶。（〈不如來飲酒七首〉之七）

白居易的〈勸酒十四首〉之中，包含了七首〈何處難忘酒〉，無論是升官貶官、年少年老、朋友相見相別，每一首都填上了這句「何處難忘酒」，表示隨處皆是喝酒勸酒的好時機；另外七首則是〈不如來飲酒〉，無論是農耕、行商、從軍、隱深山、入紅塵，都太操勞辛苦了，「不如來飲酒」——白居易告訴你，此時此刻不喝酒，更待何時。

白居易找什麼理由勸自己喝酒？

白居易不只勸別人喝酒，自己也愛喝。「所思眇千里，誰勸我一杯？」[8]沒有人勸酒也沒關係，找個思念的理由就是了；「潯陽酒甚濃，相勸時時醉。」[9]找不到特別理由也沒關係，酒這麼香醇，儘管喝醉就是了。

怕別人不知道自己愛喝，白居易還取了好幾個與「醉」相關的名號。他四十多歲時就任江州司馬，自稱「醉司馬」；六十幾歲時當上了河南尹、太子少傅，便在詩中自稱「河南醉尹」、「醉傅」，而這些別號，知名度都比不上退休後自稱的「醉吟先生」。

為了這個新的稱號，白居易參考陶淵明的〈五柳先生傳〉，寫了一篇〈醉吟先生傳〉，生動描繪了一個愛好喝酒、吟詩、彈琴的退休形象。其中，關於醉吟先生這個名號的由來，白居易寫道：

> 吟罷自哂，揭甕撥醅，又飲數杯，兀然而醉。既而醉復醒，醒復吟，吟復飲，飲復醉，醉吟相仍，若循環然。由是得以夢身世，雲富貴，幕席天地，瞬息百年，陶陶然，昏昏然，不知老之將至！古所謂得全於酒者，故自號為醉吟先生。

〈醉吟先生〉吟誦了「詠懷詩」後又自我解嘲了一番，他打開酒罈、舀取還沒濾好的酒，不免喝了幾杯，不知不覺就醉倒了。不多時，他醉了又醒，醒了繼續吟詩，一邊吟詩一邊喝酒，喝了酒又醉，如此醉酒、吟詩不斷循環。

憑藉這樣，他得以將身世當作一場夢，將富貴當作浮雲，以天為簾幕，以地為草席，瞬息之間就像是過了百年，如此開心自得、迷濛不清的狀態，讓人忘掉煩憂，不知道老年即將到來。這大概就是古人所說的，藉由酒而保全自身，因此，他自稱為「醉吟先生」。

「醉復醒，醒復吟，吟復飲，飲復醉。」這應該是許多人心中嚮往的人生吧！一整天都活在美好的事物之中，既能暢飲、又能吟唱，煩惱憂愁都遠離，無怪乎這篇文章千年來不斷被傳誦，甚至是國高中朗讀競賽、閱讀測驗的常客。回頭一想，其實這都是白居易替自己喝酒所找的理由啊！

家人如何看待白居易飲酒？

當白居易喝酒時，身旁的家人怎麼看待呢？日夜相處的家人是要勸他喝，或是勸他別喝？我們無法從白居易家人的著作找到相關的描述，倒是誠實的白居易自己寫了一些，〈醉吟先生傳〉中就提到：

妻孥弟侄，慮其過也，或譏之，不應，至於再三，乃曰：「凡人之性鮮得中，必有所偏好，吾非中者也……」

醉吟先生的親戚擔心他吟詩喝酒的喜好過了頭，有時候會規勸他，但他卻不聽不回應。若是親戚一而再、再而三提醒他，他就會說：「一般人的本性很難不被自己的喜好所左右，一定會有所偏好，我並非不偏不倚……」

接下來的說詞應該不難想見。醉吟先生旁徵博引找了其他足以迷戀的事物相比較，他提到，若是自己的嗜好是追逐財富、賭博或煉製仙丹，那家人能拿自己怎麼辦？幸好，他一概沒有這些嗜好，雖然喝酒放縱一些，卻無傷大雅。白居易試圖說服家人：沒事，不要管我，我沒問題。

然而，聽完醉吟先生的解釋，家人的反應又是如何？他們是否安心了一些？或是反而更擔心了呢？白居易做什麼事都寫詩，大部分角度由自己出發，偶爾提一下家人的想法，我們在《白氏長慶集》中，應當可以看到家人對白居易飲酒抱持著怎麼樣的態度。

在〈老去〉一詩中，「老去愧妻兒，冬來有勸詞。暖寒從飲酒，沖冷少吟詩。」家人對白居易的提議是：只有為了暖身驅寒時才能飲酒，冒著寒冷的天，少吟一些詩吧；而在

〈達哉樂天行〉一詩中，「妻孥不悅甥侄悶，而我醉臥方陶然。」家中貧窮不堪，家人又生氣又煩悶，只有白居易還舒暢地醉倒著。

「君應怪我朝朝飲，不說向君君不知。身上幸無疼痛處，甕頭正是撇嘗時。劉妻勸諫夫休醉，王侄分疏叔不癡。六十三翁頭雪白，假如醒黠欲何為。」從詩題〈家釀新熟，每嘗輒醉，妻侄等勸令少飲，因成長句以諭之〉就能看出，家人常勸白居易少喝一點，而詩中更清楚寫到家人責怪他每天都在飲酒，不過，他也不以為意，有自己一套解釋的理由。

關於飲酒，我們一同「四問」白居易！

關於白居易的飲酒情況，我們或許可以現代的「自填式華人飲酒問題篩檢問卷」（C-CAGE Questionnaire）來檢測他是否有飲酒問題——既然白居易本人無法回答，就由他的詩代為作答！

從前段文章來看，白居易的家人應該不那麼贊同他醉復醒、醒復醉，也在不同時間與場合，用了不同的方式勸解。不只家人，白居易的醫師也說了：「眼藏損傷來已久，病根牢固去應難。醫師盡勸先停酒，道侶多教早罷官。」[10] 因此，若是問白居易篩檢問卷第二題：「家人或朋友會為你好而勸你少喝一點酒嗎？」答案肯定是「是」。

然而，除了家人外，白居易會不會有時候也覺得自己喝太多了，想要少喝些卻難以控制呢？其實他一生中有好幾次想要控制自己的飲酒量，但都不是很成功，我們來看看他是怎麼寫的：

> 頭風不敢多多飲，
> 能酌三分相勸無。
> （〈酬舒三員外見贈長句〉）

自填式華人飲酒問題篩檢問卷

這是一個簡單而方便的問卷，總共僅有 4 道是非題，並取 4 道題目的英文字首簡稱為 CAGE 問卷，可以自行填寫，主要用來初步了解飲酒概況。

		回答	
1	你曾經不想喝太多，後來卻無法控制而喝酒過量嗎？（Cut down/Control）	□是	□否
2	家人或朋友會為你好而勸你少喝一點酒嗎？（Annoyed）	□是	□否
3	對於喝酒這件事，你會覺得不好或感到愧疚嗎？（Guilty）	□是	□否
4	你曾經早上一起床尚未進食之前，就要喝一杯才覺得比較舒服穩定？（Eye-opener）	□是	□否

這份問卷中只要有一題以上回答「是」，就需要專業人士進一步評估，或是利用「酒精使用疾患確認檢測」（Alcohol Use Disorder Identification Test, AUDIT）繼續確認；若回答都是「否」，則可以初步排除酒精使用疾患。

平生好詩酒，今亦將捨棄。酒唯下藥飲，無復曾歡醉。（〈衰病無趣，因吟所懷〉）

忽憶前年初病後，此生甘分不銜杯。誰能料得今春事，又向劉家飲酒來？（〈會昌元年春五絕句．病後喜過劉家〉）

白居易知道頭風（頭痛）時不能飲酒，只有在「頭風初定後」才能喝「三分」[11]，然而，他難以控制喝酒的想望，就算還在頭痛不舒服，仍想要小酌一番。原先知道自己身體不好，他決心這輩子就不喝酒了，但生病時卻將酒入藥，繼續服酒，生完病後，又不免再和朋友開喝，因此，篩檢問卷第一題：「你曾經不想喝太多，後來卻無法控制而喝酒過量嗎？」答案應該也是肯定的。對白居易來說，控制飲酒量很難，他也才會說：「一杯驅世慮，兩杯反天和，三杯即酩酊……」喝酒就是一杯接著一杯，不容易節制啊！

飲酒除了能讓白居易開心愉悅外，其中會不會還有一些複雜的感情，讓他覺得喝酒不是那麼好，因此感到不好意思，甚至有些許愧疚感？這部分白居易也做了多方面的回答，尤其在得到「肺病」的那段時間，他寫出了矛盾的情緒：

有酒病不飲，有詩慵不吟。頭眩罷垂鉤，手痺休援琴。（〈病中宴坐〉）

眼昏久被書料理，肺渴多因酒損傷。（〈對鏡偶吟，贈張道士抱元〉）

肺傷妨飲酒，眼痛忌看花。（〈和劉郎中曲江春望見示〉）

病肺慚杯滿，衰顏忌鏡明。（〈潯陽歲晚，寄元八郎中、庾三十二員外〉）

白居易深知酒對身體不好，因此生病時不能飲酒，他也知道肺部疾病常來自飲酒的傷害，酒對身體是有害的；然而，他仍會倒果為因，埋怨自己因為肺部疾病妨礙了喝酒的習慣。對正在生病的他來說，若是將酒杯斟滿開喝，還是會感到慚愧，自責怎麼沒有好好照顧身體。因此，若是要問白居易第三個問題：「對於喝酒這件事，你會覺得不好或感到愧疚嗎？」答案呼之欲出，畢竟他應該相當了解酒與疾病的關聯性。前文提到的「老去愧妻兒，冬來有勸詞」，更是實實在在的明證。

至於最後一題，我們可以從白居易的〈卯時酒〉來看：

佛法贊醍醐，仙方誇沆瀣。未如卯時酒，神速功力倍。一杯置掌上，三咽入腹內。煦若春貫腸，暄如日炙背。豈獨肢體暢，仍加志氣大。當時遺形骸，竟日忘冠帶。似遊華胥國，疑反混元代。（〈卯時酒〉）

顧名思義，「卯時酒」就是清晨五點到七點，白居易起床後喝的酒。他說，佛家讚揚奶酪提煉的酥油、道家誇耀能製成仙藥的露水，但在他看來，這些都比不上自己的「卯時酒」，一喝完功力瞬間大增，可說又快又有效。

一杯放在手上，只要喝下三口，就像是春風吹入腸胃般溫暖，也如同太陽曝曬般全身暖烘烘。不只通體暢快，喝完酒的抱負理想也變得更大了。酒後不知不覺忘卻身體形骸，甚至忘記世俗官位，神遊體外彷彿到了遠古的華胥國，又好像回到天地混元的初始之時。

白居易的〈卯時酒〉清楚描繪了坊間所謂「回魂酒」的好處。「回魂酒」指的是喝完酒的隔天，只要再喝一些，就可以有效緩解宿醉時的不舒服，讓飲酒者神清氣爽。

然而，值得注意的是，需要回魂酒本身就是一個依賴酒精的生理徵象。長期受到酒精影響後，若突然一段時間沒有酒，身體會有「戒斷症候群」所產生的不舒服症狀，這時候，喝下一點酒就會自我感覺較為舒服。

因此，一早需要喝酒，常常就是因為整個晚上的睡眠期間沒有喝，導致白天開始有戒斷症狀的表現，如果沒有意識到這是酒精的影響，一早喝「回魂酒」就成了最方便的方法。

因此，我們要問白居易的最後一題：「你曾經早上一起床尚未進食之前，就要喝一杯才覺得比較舒服穩定？」就是問他起床後需不需要「回魂酒」，從白居易〈卯時酒〉中的回答來看，答案恐怕仍然是肯定的，

白居易隱約透露出來的飲酒反思

用盡招式勸人喝酒的白居易，竟然也會擋酒？最後，就讓我們來分享他的〈答勸酒〉：

莫怪近來都不飲，幾回因醉卻沾巾。誰料平生狂酒客，如今變作酒悲人。（〈答勸酒〉）

不要怪我最近都不太喝酒，這幾次我都因為酒醉而淚如雨下，怎麼想得到當年在酒場上叱吒風雲的我，如今面對酒，卻只剩下深深嘆息。

誠實寫詩的白居易，雖然沒有寫出酒醉後到底發生了什麼事才痛哭，但和前文的他比

起來，顯然處於不同的心境，隱約之中，還能感受到他些許的悔恨。若是當時能請白居易回答問卷，或許將更加證實他酒精成癮的情形。

白居易除了寫下大量的詠酒詩、勸酒詩外，偶爾也對酒精存有猶疑，有時無法控制、有時感到愧疚，個人的身體已經到達酒精依賴的地步，家庭互動又因酒而產生不愉快。或許，讓白居易做這份篩檢問卷，才有機會進一步評估他是否有酒精使用障礙症，相信他對飲酒的猶疑與矛盾，也能有進一步的認識與行動。

●●●● 參考資料

自填式華人飲酒問題篩檢問卷，取自衛生福利部心理及口腔健康司網站（https://www.mohw.gov.tw/dl-15399-61a57d3b-699a-4f4a-b18e-c5e0727b2e9f.html）。
何騏竹，〈白居易詠病詩中呈現的自我療癒〉，《成大中文學報》第五十七期，二〇一七年。
秦利英，《白居易飲酒詩研究》，中國陝西理工學院碩士學位論文，二〇一二年。

和白居易分享什麼是酒精成癮——認識「酒精使用障礙症」

關於酒精成癮，現今的說法是「酒精使用障礙症」（alcohol use disorder），但並不是每個人喝酒都算是疾病，所謂的疾病仍有較為嚴格的定義。若從酒精使用障礙症所描述的細項來觀察，我們可以看到使用酒精所帶來的影響。下面為《DSM－5精神疾病診斷準則手冊》所提到的疾病診斷準則。

酒精使用障礙症

酒精使用問題型態導致臨床上顯著苦惱或減損，至少在十二個月期間出現以下兩項：

一、比預期的還大量或長時間攝取酒精。

二、持續渴望或無法戒除或是控制使用酒精。

三、很多時間花在買酒、喝酒或從其效應恢復。
四、渴求或有強烈慾望要喝酒。
五、反覆喝酒引起無法完成工作、學校或居家的重大義務。
六、儘管喝酒導致持續或反覆社交或人際問題，仍持續喝酒。
七、因為喝酒而放棄或是減少重要的社交、職業或休閒活動。
八、在會傷害身體的情境下反覆喝酒。
九、儘管知道喝酒恐引起持續或反覆生理或心理問題，仍持續喝酒。
十、耐受性的定義為以下兩項之一：
a 顯著增加喝酒量之需求而致中毒或想要的效果。
b 持續喝等量的酒而效果顯著降低。
十一、戒斷的表現如下列兩項之一：
a 酒精戒斷特色。
b 喝酒（或相當接近的物質，例如安眠藥）來解除或避免戒斷症狀。

其中第一句話是診斷中最重要的部分，喝酒「導致臨床上顯著苦惱或減損」，也就是生活某個層面受到影響，不管是功能減損或是情緒苦惱都算，這部分需要專家仔細詢問評估。

此外我們可以進一步從十一項描述之中，將主題分成幾大類。第一部分，是對於飲酒「失去了控制」，包含「想喝、喝更多」，「想停、停不了」，「不想去想、做不到」等，這是上述的第一至第四項（頁132）；第二部分，則是因為喝酒造成的「身心與社會功能」的影響，無論是導致身體疾病、影響工作與人際互動等，都算在內，這是上述的第五至第九項（頁85）；第三部分，則是「身體」對酒精的反應，包含酒精的「耐受性」（頁101、頁115）與「戒斷」（頁163），分別屬於第十項與第十一項。

在這十一項描述之中，如果符合兩項以上，持續時間超過一年，可能就符合「酒精使用障礙症」的診斷，若進一步尋求專業協助，相信會獲得各種資源與多樣化的可行治療模式。

九

樹梢上也可以開喝！

——石曼卿千奇百怪的飲酒花招

石曼卿不僅酒量大，花樣也超多，不細讀他的文章，你絕對想不到。

然而，當朝皇帝要他戒酒，他一戒卻莫名其妙就過世了，其中究竟發生了什麼事？大量喝酒會導致怎樣的問題？突然停酒又會造成什麼後果？讓我們從不同的角度來重新理解吧！

如果說，要在整個宋朝找一個酒量最大的人，武松絕對是其中之一。別人是「三碗不過岡」，他呢？一口氣連喝十八碗，景陽岡打虎去了！而另一個，就要算上這篇要介紹的石曼卿了。

人稱「石五斗」的石曼卿

石曼卿的酒量是經過《宋史》認證的。《宋史》裡寫道：

> 延年（曼卿）喜劇飲，嘗與劉潛造王氏酒樓，對飲，日不交一言……。二人飲啖自若，至夕無酒色，相揖而去。明日，都下傳王氏酒樓有二仙人飲已，乃知劉、石也。

石曼卿與劉潛兩人可以不說話光喝酒，而且喝上一整天都還沒有酒醉的樣態。從這段紀錄似乎能粗略推測石曼卿的酒量，然而，他具體能喝多少呢？這可以從他的綽號「石五斗」——能喝五斗酒——來推敲。若是一斗十斤，五斗便是五十斤，而宋朝一斤約等於現今六百四十公克，五十斤就相當於現今三十二公斤，那麼照現在的說法，我們應該要叫他「石三十二公斤」才是[1]。

石曼卿，名延年，他的朋友都叫他的字曼卿，因此後人也以曼卿稱呼他。石曼卿是北宋的文學家和書法家，交遊廣闊、性格豪爽、「廓然有大志」，時人稱石曼卿的詩、歐陽脩的文、杜默的歌為「三豪」，他的詩詞創作數量很多，可惜都未能保存下來。但他最為人所稱道的軼事，則是下面這段穿越唐宋的佳話。

當年唐代的李賀寫了一句「天若有情天亦老」[2]，上天若是有情感的話，那麼應該也會逐漸老去。很多人都覺得詩中表達了深深的無奈，意境很美，但似乎美中不足，若把這句作為上聯，要對出意境相似的下聯實在困難。

天若有情天亦老，月如無恨月常圓。

兩百多年之後，出現了石曼卿，也終於對出了下聯名句，「月如無恨月常圓」，如果月亮沒有悔恨的感慨，那麼應該時常都是圓的吧。這句下聯一出，震驚四座，把世上沒有十全十美的人事物形容得貼切入骨。

不過，相對於詩，石曼卿流傳的聲名倒是都和酒有關，要說喝酒方法最怪的文豪，他更可以拔得頭籌！究竟是怎麼樣的聲名呢？讓我們深入一探究竟。

石曼卿的奇怪酒癖

石曼卿喝酒的方法非常特別。比石曼卿時代晚一點的沈括，在他的知名科普作品《夢溪筆談》裡，便記錄了這些有趣的喝酒方式。《夢溪筆談》記載了當時的科學知識及成就，內容可信度很高，沈括在書中寫下這段令人瞠目結舌的軼聞，或許就是百姓茶餘飯後的閒聊話題。

> 石曼卿喜豪飲……，每與客痛飲，露髮跣足，著械而坐，謂之「囚飲」。飲於木杪，謂之「巢飲」。以稿束之，引首出飲，復就束，謂之「鱉飲」。（《夢溪筆談》）

「囚飲」是披頭散髮、光著腳丫、戴著手銬腳鐐喝酒；「巢飲」是在樹梢上喝酒；「鱉飲」則是用

大量飲酒後對身體的影響

《宋史》寫道石曼卿喝酒「至夕無酒色」，臉都沒變紅，這部分可能與乙醛去氫酶相關基因有關（頁 60）。然而，臉沒有發紅，就代表身體負擔得了嗎？石五斗號稱一次能喝下五斗酒，但酒後則必須立刻面對大量酒精造成的急性影響。

大量飲酒造成的酒精中毒危害不可以小看，許多神經學上的表現包含步態不穩、眼球震顫、身體不協調，甚至因而昏迷不醒等，都要非常注意。尤其若是短時間快速喝下大量的酒精，會抑制腦中負責呼吸的控制中心「延腦」，也會影響心臟的節律傳導系統，無論是呼吸被抑制之後缺氧，或是節律傳導受影響而導致心律不整，皆可能進一步危及生命，猝死的可能性也會明顯增加。

穀物莖稈把身體綁起來，喝酒時像烏龜一樣把頭伸出去，喝完再縮回來，也有一說是拿繩子套圈，喝酒時把頭套上勒住。除了這些，相傳石曼卿還有「徒飲」、「鬼飲」、「了飲」、「鶴飲」等喝法，不一而足。無論如何，他喝酒的方式千奇百怪，單單大口喝酒的「豪飲、痛飲」等不足以滿足他，而需要其他的感官刺激相互加成，所以才有這麼多喝酒的名堂！

不過，酒量非常人能及的石曼卿後來怎麼了呢？

重新檢視石曼卿戒酒而死的原因

《夢溪筆談》在記錄石曼卿事蹟的後半段寫道：「仁宗愛其才，嘗對輔臣言，欲其戒酒。延年聞之，因不飲，遂成疾而卒。」

當時的北宋仁宗皇帝看到石曼卿整天沉迷於酒，感到非常惋惜，就告訴身旁大臣希望石曼卿戒酒。石曼卿一聽到皇帝對自己的關心，便決定不再飲酒，沒想到竟然因此生病而去世。

戒酒明明是一樁好事，最後怎麼會以這樣的悲劇收場？石曼卿死的時候年紀不大，才四十八歲，他的驟逝讓朋友都很傷心，紛紛寫了詩文紀念。特別的是，各方好友在寫祭文時，著墨在酒精的部分不少，似乎沒什麼顧忌——石曼卿與酒，就是分不開。

其中一名好友歐陽脩寫下了〈石曼卿墓表〉，文中有一段：「**自顧不合於時，乃一混以酒。然好劇飲大醉，頹然自放。**」在他看來，石曼卿自認和這個時代格格不入，於是成天飲酒度日，而且喜歡「劇飲大醉」，頹廢地放縱自己。這麼說來，酒精似乎是避世的好方法。

而另一位好朋友蘇舜欽也在〈哭曼卿〉中寫道：「**高歌長吟插花飲，醉倒不去眠君家。**」你高聲歌唱長吟，插花酣飲，而我喝到醉倒回不了家，便隨意睡在你家。也寫出了兩人過從甚密的酒友關係。

這樣好酒的人，怎麼會因為戒酒一段時間就死了？石曼卿究竟是因為「沒有酒，心情不好，鬱卒而死」，或是肇因於「沒有酒，生活沒了重心與目標」？又或是「酒對身體有好的影響，少了酒反而就生病了」呢？

怎麼解釋因不喝酒而死？

石曼卿「**因不飲，遂成疾而卒**」，死得又快又突然，前述幾個原因都很難完整解釋。如果用以上的理由去解釋，那麼史書照理也應記載「鬱鬱而卒」、「生無味而卒」，何況不喝酒就生病死掉，古代的鄉民更可能到處分享：「那個某某人，喝酒都沒事，一不喝酒就生病死掉了耶。」尤有甚者，可能會以訛傳訛「酒是好物，健體強身；喝酒治病，不喝傷身」。

然而，酒的好處被誇大，不喝酒的益處被低估，與現實情況似乎是不符的。

「不喝酒就生病死掉」的說法實在匪夷所思，若這段軼事為真，那麼或許可以藉由酒精戒斷時的身體表現來解釋。身體在酒精長期影響下，非但喝醉時危險，酒退之際更加危險，不只喝酒會喝到掛，戒酒也會戒到掛！在酒退的時候產生的症狀表現，我們一般稱為「酒精戒斷症候群」（alcohol withdrawal syndrome），最為嚴重的症狀，便是因「譫妄」而過世。

嗚呼曼卿！嗚呼曼卿！嗚呼曼卿！

石曼卿戒酒而死，死得實在太年輕也太突然了，老朋友歐陽脩在他過世二十六年後，還特別到他的墓前寫了一篇〈祭石曼卿文〉（這篇文章感人到被收錄在《古文觀止》中），文中三次「嗚呼曼卿！」，對於石曼卿的追念，既誠懇沉鬱又悲慟萬分，足以道出兩人的友誼之深刻。

石曼卿撒手人寰，徒留傷心的朋友，長期喝酒卻忽然「戒酒戒到掛」的他，若在現代成癮醫學的幫助治療下，可能就不會走得這麼突然，甚至可以在他準備戒酒前，好好討論如何按部就班解酒。也就是在考量安全之下，確認有哪些短期解酒藥物可以提供協助，甚或要長期戒酒的話，可以進行哪些藥物與非藥物的治療模式。若真如此，一旦戒酒成功，說不定反而成為當時美談呢！

●●●● 參考資料

《DSM－5精神疾病診斷準則手冊》，美國精神醫學學會（American Psychiatric Association）著，臺灣精神醫學會翻譯、審訂，合記圖書出版社，二〇一四年。

石曼卿戒酒戒到掛

——貿然停酒的戒斷症候群表現

一切要從酒精的效用說起

酒精有許多效用，可以讓人放鬆、減少緊張或減少入眠時間。酒精和安眠鎮靜藥物一樣，屬於中樞神經抑制劑的一種（當然酒精同時還有其他複雜的作用），飲酒後，能抑制腦內的神經活動，降低緊張焦慮，同時也會降低心跳、血壓等基本生理功能。若是飲酒過量，達到「酒精中毒」（alcohol intoxication）時，酒精影響的表現就會有許多變化，包含說話不清楚、走路不協調、注意力不集中、反應不佳等，若是影響心跳節律或是抑制呼吸，甚至可能昏迷不醒！

那麼若非過量飲酒，僅僅是反覆飲酒，對神經又會有什麼影響呢？酒精畢竟是外來物質，具有神經毒性，長期反覆飲酒會損害大腦特定區域的細胞。因此，若是長期受到刺激，神經對於酒精會有一些本能的避害反應，[3] 盡量減少神經細胞受到酒精的負面影響。

長期喝酒的人突然不喝酒，就像彈簧長期壓縮後突然鬆開而「反彈」，原本酒精抑制神經的效果，便會逆勢上升。這樣的反彈效果，即是所謂「戒斷」症狀，戒斷症狀一出現，若沒有好好處理，就可能像石曼卿一樣「成疾而卒」。

停酒時，會有與酒精效用正好相反的表現

酒精戒斷症候群是在「退酒」或「停酒」時出現的症狀表現，飲酒之後，酒精約在一至三小時內達到最高濃度，之後濃度便開始下降，下降時就會開始出現酒精戒斷症候群的表現。這些症狀五花八門，總體而言，是長期被酒精壓抑的神經在少了抑制物之後，變得過度興奮。

基本的生理功能過度興奮，就是指心跳加速（常被形容為心悸）、血壓升高與體溫上升；情緒過度興奮的表現則為焦慮、易怒、煩躁、不安、容易受到刺激而激動等，其他酒精戒斷的症狀，更包含失眠、手抖、冒冷汗、嘔吐等，其中，最常被注意到的是酒精戒斷性顫抖（alcohol withdrawal tremor），這種顫抖會因固定維持某個姿勢而引發，比如說，將雙手手臂向前伸直，手抖便會更為明顯。

有些嚴重的酒精戒斷症狀還會影響生命，像是癲癇發作（即所謂全身性痙攣，包含突然全身抽搐、眼球上吊、口吐白沫、猛烈的抽搐動作）、妄想或幻覺等精神病症狀（錯誤而堅持的想法、看到或聽到不存在的影像或聲音），甚至嚴重的譫妄表現，都有可能在退酒的幾個小時到幾天之內出現。

‧‧‧‧‧‧‧‧‧‧酒精戒斷最嚴重的表現——譫妄‧‧

所謂譫妄並不是一種疾病，而是一些同時出現的臨床症狀表現，會長達好幾天甚至好幾週。出現譫妄表現時，個案會突然定向感不清楚（搞不清楚自己在哪裡、現在幾點，面對親朋好友也認不出來），還會出現混亂行為、混亂言談，像是變了一個人。造成譫妄的原因很多，一旦發生就必須趕緊找出原因，針對病因給予治療。若以石曼卿的「成疾而卒」來看，很可能就是因為譫妄而死。

酒精戒斷症候群

症狀表現	常見時間點（以最後喝酒時間起算）
顫抖	6-8 小時
精神病症狀	8-12 小時
癲癇發作	12-24 小時
譫妄	24-72 小時（7 天內皆有可能）

針對酒精戒斷症候群造成的譫妄表現，有個專有名詞叫作「震顫性譫妄」（delirium tremens，若是覺得這個英文單字眼熟，沒錯，某家啤酒也刻意以此取名），或稱為「酒毒性譫妄」，主要是指突然戒酒而引起的譫妄狀態，通常出現在退酒數日內到一星期之間。發生譫妄後，若沒有好好治療，死亡率甚至高達二十％，換句話說，五個有酒精戒斷譫妄表現的人當中，就有一個會死亡。因此，這是一個需要提早發

酒精中毒與酒精戒斷

酒精中毒 alcohol intoxication	**酒精戒斷** alcohol withdrawal
近期喝酒	大量長期喝酒後停止（或減少）飲用
喝酒當時或之後很快出現以下一項（或更多）徵兆或症狀： 1. 言語不清 2. 不協調 3. 步伐不穩 4. 眼球震顫 5. 注意力或記憶減損 6. 呆滯或昏迷不醒	停止（或減少）喝酒後幾個小時至數天內出現以下一項（或更多）症狀： 1. 自律神經功能過度活躍（例如流汗或脈搏超過每分鐘 100 下） 2. 頻繁手抖 3. 失眠 4. 噁心或嘔吐 5. 短暫的視、觸、聽幻覺或錯覺 6. 精神動作激動 7. 焦慮 8. 泛發性強直－陣攣癲癇發作
徵兆或症狀無法歸因於另一身體病況，且無法以另一精神疾病——包含另一物質中毒或戒斷——做更好的解釋	

現、提早治療的症狀，且很可能要到醫院治療。

以現今醫學來看，這些酒精戒斷症狀表現有許多方法可以處理。有些是短期使用當下「解酒」（alcohol detoxification）的藥物來幫忙減少不舒服，這是臨床常用的方式，藥物除了能讓神經盡量維持穩定、減少戒斷症狀表現之外，早期使用，也能大幅降低發展成危及生命的嚴重戒斷症狀之機率，長期的話，更有許多「戒酒」（alcohol abstinence）的方式可以參考（頁236）。總體來說，現今若要戒酒，不但有多樣方法可以選擇，作法也更細緻安全。

十

糖尿病患者除了少吃粥，還要注意什麼？

——原來陸游爲「它」改變了生活習慣

相對於石曼卿一次五斗、不顧健康地大口喝酒，陸游則是一個重養生的人。

他長年受糖尿病困擾，同時提倡要喝粥養生，然而，喝粥對糖尿病有什麼影響呢？另外，陸游也喝酒，是不是影響了他的糖尿病？陸游要替自己喝酒辯護，還是嘗試看看勇敢戒酒呢？

號稱養生的陸游，竟然吃粥吃出病!?

二〇二〇年，臺灣高中學測國文科的閱讀測驗出了一道有趣的題組，叫作「陸游粥品私房筆記」，也就是陸游當年親自整理的食譜。題幹中透過陸游的吃粥習慣，連結現代營養學對於食物的見解，並分析不同食物型態、烹調方式對升糖指數（glycemic Index，又稱ＧＩ值）的影響，進一步指出粥對於罹患糖尿病的陸游有什麼影響。

題組沒有附上出處，經過多方查證，原來陸游是在《齋居紀事》寫下如何煮粥的。陸游重視養生，他了解食用不同的粥有不同的好處，以烏豆粥為例：

> 用新好大烏豆一斤，炭火鬻一日。當糜爛，可作三升米粥，至極熟，下豆，入糖一斤，和勻，又入細生薑棊子四兩，一法。鬻豆熟後，以熬熟麻油浸之，豆上油深寸，半密覆之，文武火鬻候，露出豆，即以匙伴，轉更鬻，令泣盡由方止。每鬻成粥一釜，可下豆三四梡，攪勻入糖如前，不用薑棊子。

作法平實詳盡，似乎只要準備好材料，我們也能煮上幾碗。陸游的吃粥愛好非常有名，他曾經寫下至少六十首與粥相關的詩詞，更不用說各種粥的推薦文：

地爐夜熱麻秸暖，瓦鬴晨烹豆粥香。不是有心輕富貴，從來吾亦愛吾鄉。（〈雜賦〉）

世人個個學長年，不悟長年在目前，我得宛丘平易法，只將食粥致神仙。（〈食粥〉）

護聖楊老……又云：「平旦粥後就枕，粥在腹中，暖而宜睡，天下第一樂也。」予雖未之試，然覺其言之有味。（《老學庵筆記》）

古代的美食食記大概就像陸游這樣，寫出吃粥的優點，又教讀者如何煮粥，順便把朋友的心得文也附在自己的筆記裡。

這次國文考題題組，不只將陸游的推薦文整理給大家，還連結了相關健康知識。題組中提到的升糖指數（GI值），指的是各種食物對於「增加血糖快慢」的影響力，若某種食物消化分解越快，造成血糖上升速度越快（或是波動幅度越大），其升糖指數就越高。換句話說，這種食物即具有高升糖指數。

文中因為粥容易被消化吸收，具有高GI值，因此考題延伸出患有糖尿病的陸游由於愛吃粥，更難控制血糖起伏，甚至可能因而折壽。

長年患有糖尿病的陸游不可不慎的「生活習慣」

糖尿病對陸游的影響很大，古代將糖尿病[1]稱為「病渴」、「肺渴」或「消渴疾」。五十二歲的陸游在〈銅壺閣望月〉中寫下了「十年肺渴今夕平，皓然胸次堆冰雪」，以此明志告訴大家：「我這十年的糖尿病現今都好了，現在的我一樣胸懷赤心，如冰雪般清廉正直（希望能報效國家）。」但糖尿病應該是慢性疾病，不可能徹底痊癒，因此他所謂的「今夕平」或許不符實情。不過這段話中，陸游要強調的是，為了國家自己不惜一切都要拚命。而我們也可以從詩中佐證，陸游罹患糖尿病，應該是四十歲上下的事。

之後幾十年來，他為了糖尿病深深困擾，曾寫道「放翁遊蜀十年回，病眼茫茫每懶開」[2]，也在〈目昏有感〉中寫下「兩眥昒昏八十餘，爾來觸事覺空疏」。晚年陸游的眼睛出了毛病，視力模糊看不清楚，眼上還有分泌物，眼睛的問題會不會是長期糖尿病導致的視網膜病變呢？

在此同時，陸游也一再提醒大家，他其實知道糖尿病和某個生活習慣有關。在〈和張功父見寄〉中，陸游提到：「正復悲秋如騎省，可令病渴似文園。」就如同悲秋時節，他會想到潘岳（因潘岳作〈秋興賦序〉），他的身體得了「病渴症」，也讓他聯想起司馬相如[3]。他還用了同一個典故，在〈秋思〉中寫道：「相如病渴年來劇，釀酒傾家畏不供。」

他生的病和司馬相如一樣是糖尿病，最近這幾年越來越嚴重，但卻擔心酒不夠喝，只好傾家蕩產地釀酒。陸游甚至在〈忠州醉歸舟中作〉寫下：「**不堪酒渴兼消渴，起聽江聲雜雨聲。**」禁不住酒後口渴與糖尿病引發的不適症狀，他只好半夜醒來聽聽江水流動，搭配著細雨的聲響。

關於「酒渴」，也就是酒後口渴，陸游曾提到「**酒渴喜聞疏雨滴，夢迴愁對一燈昏**」[4]、「**酒渴起夜汲，月白天正青**」[5]，他有時躺著聽雨聲、有時起來走動，也因為酒後睡眠品質不佳，半夜往往因口渴而醒來喝水。

由此可知，陸游把「酒渴」與「消渴」連結在一起，已經發現糖尿病與「喝酒」這項生活習慣有關，同時，他也知道糖尿病會讓他更想喝酒，但卻說不出酒精對於糖尿病的影響是什麼。陸游晚年寫了許多「止酒」（戒酒）詩，我們就先來觀察他怎麼停酒的。

「**病餘猶止酒，睡起獨焚香。**」[6]看來陸游曾經因為生病而想停酒；「**東山七月猶關念，未忍沉浮酒醆中。**」[7]雖然並未在朝為官，但他仍時時關心國家大事，也曾因為不想透過酒精麻痺自己而停酒；「**今年復止酒，歌舞陳空觥。**」[8]他想停酒的念頭不單一次，是一年接著一年，嘗試了許多次；「**歡言洗杯酌，又破止酒戒。**」[9]可是只要朋友相聚，他就破戒了；「**止酒還開慚定力。**」[10]破戒後覺得有點不好意思，自慚定力不夠；「**平時一滴不入口，意氣頓**

使千人驚。」[11]不然他平常其實可以滴酒不沾；「長安不到十四載，酒徒往往成衰翁。」[12]因為他知道，喝酒往往是讓自己身體更糟的原因啊。

因病止酒，所慎有三

凡積久飲酒，無有不成消渴病者，然則大寒凝海而酒不凍，明其酒性酷熱，物無以加。……積年長夜，酣興不解，遂使三焦猛熱，五臟乾燥，木石猶且焦枯，在人何能不渴。……方書醫藥實多有效，其如不慎者何？其所慎有三：一飲酒，二房室，三鹹食及麵。能慎此者，雖不服藥而自可無他。（《備急千金要方》）

唐朝醫家孫思邈在他所著的《備急千金要方》中，針對消渴的成因、酒精的角色、治療消渴的方式，提供了當時的建議：「其所慎有三：一飲酒，二房室，三鹹食及麵。」重養生的陸游可能有所聞，但不知道他會不會被說服，或是持保留的態度？

當然，陸游也會想要解釋自己喝酒的理由，若是他繼續翻閱這本醫書，可能會說：「喝酒也有一些好處啊，你們看看，醫書上面都寫到了！」他將可以從《備急千金要方》中找到酒的效用：「酒，味苦甘辛大熱有毒，行藥勢，殺百邪惡氣。」也就是酒可以抵抗各種邪惡之物的影響。此後，明代李時珍也在《本草綱目》[13]中進一步補充，酒除了可以「行藥勢」外，還有「通血脈」的功用，「行藥勢」是將酒當作藥引，讓其他藥材透過酒發揮應有的功能；而「通血脈」是指讓氣血運行通暢，大概可以理解為促進血液循環。

面對酒精，陸游想必充滿了矛盾。他的止酒之路不太順遂，雖然知道飲酒和自己的糖尿病有關，但卻不知為何相關，如同他喜歡吃粥，卻不知吃粥怎麼影響血糖。若他生活在現代，我們除了會給他一份飲食須知，還會和他分享現今「飲酒與糖尿病」主題的衛教知識，告訴他飲酒造成的多重影響，相信原先充滿矛盾、持保留態度的陸游很可能會被說服。

左餐右粥年年飽，南陌東阡處處閑。幸免催租敗幽興，豈容對酒惜酡顏。（〈醉中絕句〉）

現代如何看待飲酒促進血液循環

若是陸游生活在現代，他可能也會聽說「飲酒有助於血液循環，可預防心血管疾病」，有些研究提到少量飲酒能降低中風、心肌梗塞等心血管疾病的風險，和中醫醫家提到酒有「行藥勢」、「通血脈」的效果相近。然而，2018 年發表於《刺胳針》（*The Lancet*）的大型研究之中，「少量飲酒有益身心」的觀念被推翻了，統計數據顯示，只要飲酒便存在著健康風險。儘管喝酒似乎對於心血管有些微的保護效果，但也已經被肝病、肺病、多種癌症等疾病增加的風險所抵消，因此，從這個研究與當代趨勢來看，陸游與大家可能要失望了——事實上，並沒有所謂真正的「安全飲酒量」。

陸游愛吃粥，更愛喝酒，若要減少血糖的震盪起伏、控制糖尿病的話，飲食上除了少喝粥外，更要注意酒精對糖尿病的影響。他身上多病痛，但也了解這些病症與酒精相關，因而多次戒酒。如果能重新翻閱《備急千金要方》（或是有機會看到這篇文章），相信他會有一個更健康、愉快的退休生活！

參考資料

Kim SJ, et al. Alcoholism and diabetes mellitus. *Diabetes Metab J,* 2012 Apr;36(2):108-15.

Munukutla S, et al. Alcohol Toxicity in Diabetes and Its Complications: A Double Trouble? *Alcohol Clin Exp Res,* 2016 Apr;40(4):686-97.

GBD 2016 Alcohol Collaborators. Alcohol use and burden for 195 countries and territories, 1990-2016: a systematic analysis for the Global Burden of Disease Study 2016. *Lancet,* 2018 Sep 22;392(10152):1015-1035.

給陸游一份「健康飲食須知」——飲酒對糖尿病的影響

酒精除了對糖尿病造成短期與長期的影響外，也涉及糖尿病造成併發症的嚴重度，因為較為複雜，以下就逐步說明。

酒精會讓飯前血糖更低、飯後血糖大幅升高

防止糖尿病惡化的重要觀念，是控制升糖指數值，盡量讓食物引起的血糖起伏不那麼大，因此，低ＧＩ飲食常是糖尿病患者的參考指標。每一次飲酒，雖然可以分成飯前與飯後來探討，但對血糖造成的影響卻是殊途同歸。

飯前飲酒（甚至是空腹喝酒），會讓身體本來維持血糖穩定的能力下降，導致飯前的血糖更低[14]，需要注意頭暈、無力、冒冷汗、心跳加速等低血糖症狀的表現。而飯後喝酒，會刺激身體原本已經儲存的醣類，使之分解到血液中，導致飯後血糖大幅增加。[15]

因此，無論飯前或飯後飲酒，都會增加體內血糖的變化程度，血糖波動幅度大，糖尿病就會越來越嚴重。

酒精的長期影響——增加胰島素阻抗性

胰島素是人體重要的內分泌激素，負責維持血糖穩定，促進血液裡儲存的葡萄糖到身體之中。胰島素阻抗性（insulin resistance）是糖尿病的重要指標，意思是「身體細胞對胰島素的敏感程度」。若是身體對胰島素有較高阻抗性（也就是身體細胞對胰島素較為不敏感），那麼胰島素降低血糖的作用就會失常，血糖就不容易降下來。

事實上，酒精造成的長期影響，就是讓身體細胞對於胰島素的敏感程度下降。因為身體對胰島素逐漸不敏感，亦即所謂的「胰島素阻抗性升高」，造成降血糖的作用不佳，當血糖降不下來，久而久之，就可能進展成為糖尿病。

酒精會增加糖尿病併發症的危險

糖尿病導致的併發症通常十分危險。其所引發的心血管疾病是一般的三倍，而大量飲酒的糖尿病個案，則會增加心血管疾病、中風甚至死亡的可能。此外，糖尿病還容易導致神經、視網膜、腎等身體部位的病變，酒精更會增加這些病變的發生機會與嚴重程度。

除了糖尿病之外，不可忽視的是酒精也有熱量，過量攝取會增加肥胖的風險，每一公克的酒精（乙醇）會提供七大卡的熱量（頁45），比一公克的醣類與蛋白質具有的四大卡熱量還高，僅僅較一公克脂肪產生的九大卡低一些，長時間下來，除了肥胖外，也將增高血壓與相關心血管疾病的發生率。

也就是說，酒精除了影響血糖外，導致高血壓、體重增加造成的心血管疾病風險不容小覷。就整體健康而言，戒酒的好處仍遠勝過壞處。

酒精對糖尿病的影響

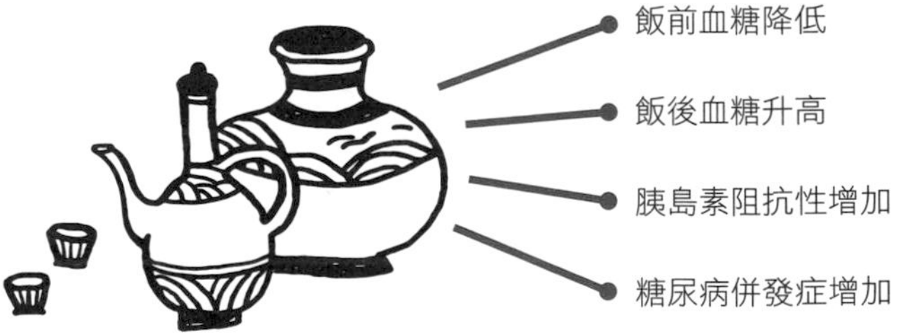

十一

「謝謝再聯絡」還是「期待再相逢」？

——辛棄疾究竟想對酒杯說什麼？

辛棄疾和陸游一樣，是出了名地愛喝酒，他們一個寫詞、一個作詩，不約而同都提到要戒酒。

辛棄疾生病想戒酒，他該怎麼做？他的決心在哪？戒與不戒的說詞有哪些？又是否能維持？他在詞中會詳細地告訴大家。

而在這一篇最後，我們還要來幫辛棄疾盤點他面對的關卡、隊友與間諜！

你能想像嗎？像辛棄疾這樣喝酒喝了大半輩子的人，會起心動念說要戒酒。

抗金義軍出身的他，一生創作了六百多首詞，是個多產的作家，值得注意的是，他的詞中大量出現「酒」和「醉」等字眼，可以想像他曾經在沙場豪邁痛飲，留下恢宏慷慨的抗戰詞句，而無法於官場施展抱負的境遇，更讓他藉著酒意、透過文字紓發內心的憤懣之情。「**醉裡挑燈看劍，夢回吹角連營。**」[1]他在酒醉中看著的是當年揮舞的寶劍，夜夢中回到的是當年的軍營。醉酒與辛棄疾的生命分不開，這樣的辛棄疾突然說要戒酒，下面就讓我們來看看，到底怎麼了？

為糖尿病所苦，決心戒酒

靖康之變金人攻陷汴京（今中國河南開封）後，宋室南渡，緊守剩餘的南宋半壁江山。力主抗金的辛棄疾，在當時的偏安政治下，一腔熱血卻只得到朝廷冷眼，為官也屢遭他人彈劾，在五十五歲時被革職，於是在今江西的瓢泉，展開生命中最後十年的退隱生活，專注詩詞創作，直至終老——等等，退隱了應該時間更多、喝更多啊，怎麼可能少喝甚至不喝？然而，從這時期的詞作，可以發現辛棄疾的身體出了一些狀況，如「**病怯杯盤甘止酒**」[2]或「**病來止酒，辜負鸕鶿杓**」[3]，另外還有幾首詞序[4]，他皆提及自己因為生了病只好止酒。

但究竟是什麼樣的病症？辛棄疾在〈止酒〉一詩中寫道：「日醉得非促齡具，只今病渴已三年。」這裡的「病渴」應是指「消渴症」，即現代人熟知的糖尿病，而〈沁園春・將止酒，戒酒杯使勿近〉中的「長年抱渴」，也有一說是罹患糖尿病時口渴、尿多的徵狀（頁172）。另外，他也在一首〈鷓鴣天〉的題序提到「予時病齒」，表示自己有牙齒方面的問題。

去去酒杯走，再來就把你砸爛！

辛棄疾在五十七歲那年先後寫了兩首「戒酒詞」，運用了「賦」這種文體的白描手法與問答形式，讓自己和酒杯對話。[5]第一首〈沁園春〉原文如下：

杯汝來前，老子今朝，點檢形骸。甚長年抱渴，咽如焦釜；於今喜睡，氣似奔雷。汝說：「劉伶，古今達者，醉後何妨死便埋。」渾如此，嘆汝於知己，真少恩哉！更憑歌舞為媒。算合作人間鴆毒猜。況怨無小大，生於所愛；物無美惡，過則為災。與汝成言：「勿留亟退，吾力猶能肆汝杯。」杯再拜，道：「麾之即去，招亦須來。」

這首〈沁園春〉題序是「將止酒，戒酒杯使勿近」，辛棄疾要和酒杯保持距離呢！詞中，他面對酒杯，首先就來個下馬威：「酒杯啊，你過來！」接著，便開始盤點自己身體的狀況，包含口渴、喉嚨乾、嗜睡，鼾聲如雷等。當辛棄疾要將種種病痛推給酒杯時，酒杯答辯了，它說：「反正劉伶都說了，喝醉又怎樣，人要是死了就直接埋了吧。」辛棄疾聽到後更為怨嘆，覺得自己把酒杯視為知己，酒杯居然這樣表示，實在是太無情了！

他繼續細數酒杯的不是，說它藉著歌舞引誘人，又說它應該被當作人間劇毒。然而，說著說著，辛棄疾開始反省了，想著無論對酒杯有多少怨言，都是因為自己愛喝酒造成的；世上的東西本無所謂好壞，過度而不加以節制才變成禍害。最後，他攤開底牌，跟酒杯約定：「你別再逗留在這裡了，趕緊離開，不然，我可是還有力氣把你給砸個粉碎的！」

詞中可以看見詞人對於酒精又愛又恨的矛盾情感，一是他不忍心苛責與自己相伴數十年的酒精，結果找了「酒杯」當現成的替罪羔羊；二是詞人已鄭重宣告酒杯「勿留亟退」，還作勢揚言要砸碎它，想要劃清彼此界線。

然而，酒杯卻在最後反將辛棄疾一軍，答道：「沒關係，只要辛棄疾你揮手，我就離開；但若你招手要我來，我仍會即刻趕來！」酒杯留了個未爆彈，時時都有可能點燃辛棄疾「欲拒還迎」的曖昧心態，很難不讓人懷疑，他是否能意志堅定地繼續戒酒？

酒友來了！辛棄疾守得住嗎？

這樣戒酒真的會成功嗎？他的第二首〈沁園春〉是這樣寫的，算起來，應該和第一首沒隔幾天：

> 杯汝知乎？酒泉罷侯，鴟夷乞骸。更高陽入謁，都稱齏臼；杜康初筮，正得雲雷。細數從前，不堪餘恨，歲月都將麴蘗埋。君詩好，似提壺卻勸，沽酒何哉。君言病豈無媒。似壁上雕弓蛇暗猜。記醉眠陶令，終全至樂；獨醒屈子，未免沉災。欲聽公言，慚非勇者，司馬家兒解覆杯。還堪笑，借今宵一醉，為故人來。

這次辛棄疾不再疾言厲色，反而有點像是做錯事的小孩，他說：「酒杯啊，你知道嗎？現在的我，已經不喝酒了。」他引用了一些典故表明自己不喝，請辭了酒泉郡的郡侯，裝酒的皮囊也準備退休了。愛喝酒的朋友來到辛棄疾這裡，都吃了閉門羹。他就像杜康這位釀酒家一樣，卜到雲雷屯卦，覺得危險艱難便不再釀酒。辛棄疾細數過往經驗，恨自己把時間都浪費在酒精裡了，他更表示：若要享受人生，讀朋友的詩就好，自己何必再去買酒喝呢？

前半首詞就像辛棄疾對酒杯的告解，他知道自己上次已和酒杯有了約定，當時還言之鬖鬖，但後來似乎改變主意了，他放下身段，鋪陳許久，終於在下半首說出真正的意圖。

一開始，辛棄疾拿朋友當擋箭牌，表示朋友說他生了這場病一定有原因，不該亂猜是喝酒造成的。口說無憑，要有人證，於是他又搬出了陶淵明和屈原作證，陶淵明整天醉醺醺，天天都健康快樂，不喝酒的屈原努力保持清醒，卻仍然招來禍端，這兩人的下場就可以說明不是喝酒造成的啊！說完這些，辛棄疾才招出心中的真正想法：「酒杯啊，我想聽取這些朋友的說法，因為我自認不是個勇者，無法像晉元帝司馬睿一樣說戒就戒。」最後，他替自己打了個圓場：「所以說，酒杯你別笑話我了，既然是朋友熱情相勸，今晚暫且再醉一場！」

辛棄疾為了避免看似出爾反爾，需要給酒杯一個交代，好讓自己有臺階下，所以才坦承自己不是勇者，戒不了酒。什麼時機破戒最好呢？這首詩的題序便有答案：「**城中諸公載酒入山，余不得以止酒為解，遂破戒一醉，再用韻。**」原來辛棄疾寫這首詞，是因為住在城裡的朋友們攜酒來訪，是「他的朋友」不讓他用「戒酒」作為藉口推辭，於是，他便破了戒好好醉上一回。

好不容易踏上戒酒之路的辛棄疾，繞了一圈回到原點，此次戒酒行動，宣告無疾而終。然而，危機就是轉機，下面讓我們來幫忙整理歸納，分析辛棄疾的行動碰到了什麼隱藏關卡？他與隊友怎麼面對？下次若再遇到，他一定能馬上分辨出來、讓它們現身！

隱藏關卡：盤踞心上的內在渴望

準備戒酒的辛棄疾心中有一股聲音：「生這點病，喝一點應該沒有什麼影響吧？就算有，大不了也是一死了之，我還是喝吧。」像他這樣盤踞心上的內在渴望，就是所謂的癮頭。

〈沁園春〉中嗜酒的劉伶第一個被辛棄疾請出來，藉由酒杯之聲宣揚自己心中想說的：「**醉後何妨死便埋。**」短短幾個字，就讓我們看到了這股渴望——辛棄疾無論戒不戒酒都相當掙扎。

當朋友來了，他便洋洋灑灑提到一干因酒而有名的戒酒前輩，包含酈食其（高陽酒徒）、杜康、陶淵明（陶令）、司馬睿（司馬家兒），有人閉門謝客，有人覆杯不飲，我們可以推測辛棄疾的戒酒動機相當強，這些古人一一被推上來，當作增強戒酒動機的楷模，此時的他，似乎有「有為者亦若是」的架勢。

癮頭（craving）

或譯為「渴癮」，是一種面對某項物質或行為時，難以抑制的強烈慾望。人們面對這些慾望，可能做出某些相應行為，才能滿足、補償這樣強烈的需求。其他如「渴求」、「渴想」或「渴望」等詞皆為近似概念之翻譯詞。

然而，無論戒酒動機多麼強，想喝酒的內在渴望仍然戰勝了這些古人，面對隱藏關卡，過去驍勇善戰的辛棄疾沒有即時探測到，當酒精癮頭一出現，也只好投降，唱出「慚非勇者……借今宵一醉……」，不好意思地對酒杯寫完第二首詞。

幫倒忙的隊友：難以推卻的酒伴

除了分辨出隱藏關卡——這些藏在心中的癮頭之外，辨別外在暗示（cues）也同等重要。且慢！辛棄疾的一票酒友出現了，這豈止暗示，根本是「明示」！他們擺明邀請辛棄疾一同飲酒，朋友邀請，他能不應酬嗎？如果用「身體不佳」的理由拒絕一次、兩次，長期下來這段友情還能繼續嗎？何況，與朋友喝酒是如此誘人的賞心樂事，勾起了辛棄疾內心的酒癮，開啟了準備飲酒的循環。

可以說，這些酒友在辛棄疾的戒酒之路上是幫倒忙的隊友，他面對好友的邀請，似乎沒花什麼力氣拒絕，隊友第一次相邀，就立即同遊共飲。如此說來，辛棄疾戒酒並未維持很久，這些隊友「功」不可沒，他或許需要提前告知隊友他正在接受的戒酒挑戰。

間諜：無處不在的酒杯暗示

隊友沒能幫上忙也就算了，偏偏辛棄疾眼前寫詞的對象——「酒杯」，還是個雙面間諜！

辛棄疾喝酒的時候用著酒杯、寫詞的時候對著酒杯、詞中對自己招手的是酒杯，甚至準備開喝的時候，也是向酒杯告解，酒杯只要一出現在辛棄疾的眼前，就讓他想到酒精，無論是想到喝酒或戒酒，酒精的形象畢竟出現了，只要這個暗示一出現，勾起了內心渴望，辛棄疾更難以抵擋。可以說，酒杯這個間諜自動開啟隱藏關卡，給辛棄疾來個措手不及。

面對暗示，能做的就是盡力排除。這就是為什麼辛棄疾提到要「**鴟夷乞骸**」，將裝酒的皮囊藏起來、甚至丟掉；為什麼要「**高陽入謁，都稱齏臼**」，把朋友都辭退，以避免飲酒。但是，就算他將這些外在的明示、暗示都排除掉了，最重要的間諜「酒杯」還是存在，「**汝於知己，真少恩哉！**」酒杯這個暗示近在眼前，對自己一點好處都沒有，這一點辛棄疾也是知道的。

因此，酒杯間諜開啟隱藏關卡，再加上幫倒忙的朋友來湊熱鬧，面對飲酒，辛棄疾一點也不像詞中所寫的那般回絕，反而找到冠冕堂皇的理由，說自己飲酒都是不得已的「**為故人來**」，他寫得頭頭是道，我們也心知肚明，辛棄疾的戒酒之路在這裡宣告功敗垂成。

辛棄疾與「酒杯」的緣分不淺，「人間路窄酒杯寬」[6]，他提到人世之中難以面對的，舉起酒杯喝下去就對了，寫到「酒杯」的詞，也超過六十首。然而，若是這些酒杯繼續維持間諜角色，那辛棄疾的戒酒之路將會加倍辛苦，但若是他意識到對方是間諜、辨識出隱藏關卡，再好好與隊友說明自己的目標、尋求支持，相信戒酒成功的機率將會增加許多！

辛棄疾飲酒的誘因與矛盾其來有自
——酒癮背後的腦部酬償系統

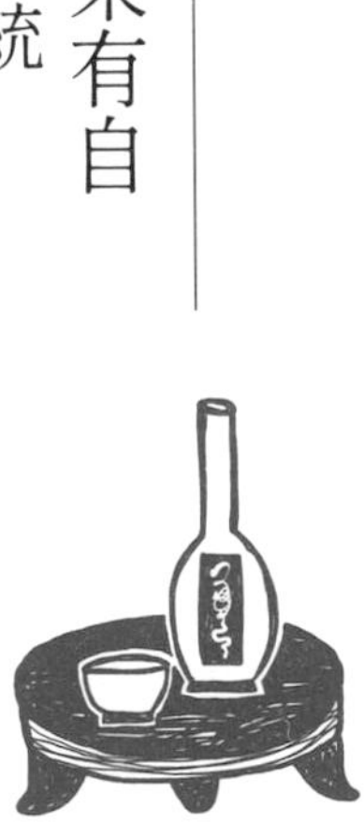

說實話，我們不能過於苛責辛棄疾戒酒失敗。許多人和他一樣因為酒精影響到身體的健康，而不得不戒酒，但戒酒是一件相當困難的挑戰，人們除了要面對內在想喝酒的「癮頭」外，同時要面對外在世界許多與酒精相關的「暗示」，無論內在癮頭或是外在暗示，對腦部而言都是一種神經刺激，腦部受到刺激後會自動想要喝酒。

關於這點，我們需要用腦部神經迴路系統來解釋。

古人云「食色性也」，當我們享受美食與性愛，會感受到滿足與愉悅，這是基本的人性。而人性背後的原理，則是因為腦部的酬償系統（reward system，或稱獎賞路徑）。酬償系統連結到動機、行為與愉悅情感。其機制是腦中的腹側被蓋區受到外在行為（例如吃甜點）刺激後，釋放出適量的神經傳導物質「多巴胺」到負責情緒的邊緣系統，與大腦中的前額葉，讓我們感受並認知到「滿足」，大體來說，多巴胺越多，滿足度越高。

腦部的酬償系統

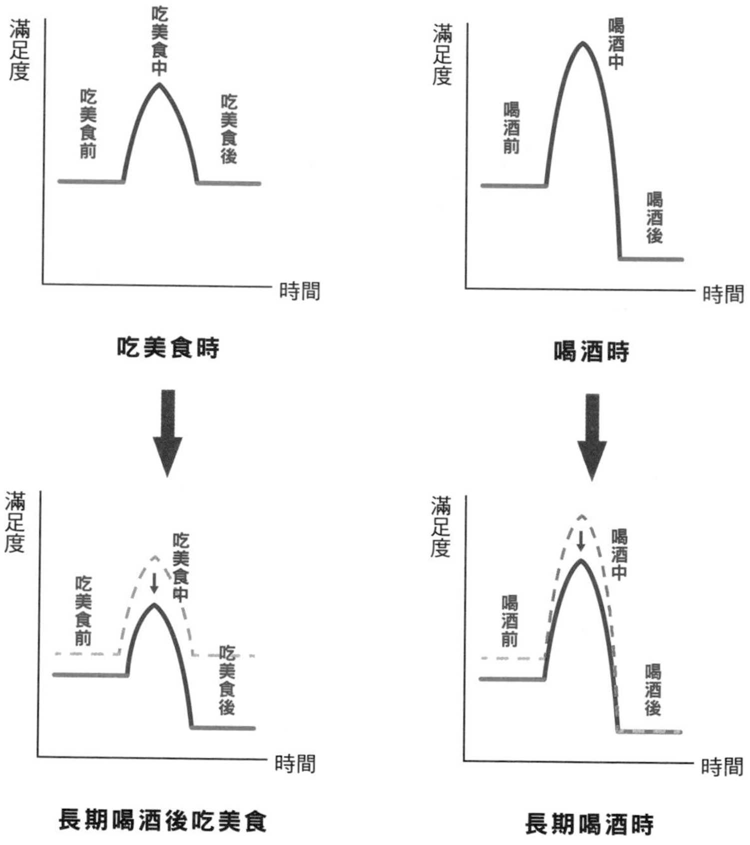
滿足度
吃美食中
吃美食前
吃美食後
時間
吃美食時
滿足度
喝酒中
喝酒前
喝酒後
時間
喝酒時
滿足度
吃美食中
吃美食前
吃美食後
時間
長期喝酒後吃美食
滿足度
喝酒中
喝酒前
喝酒後
時間
長期喝酒時

而在我們感受到滿足的同時，神經細胞會記憶這個迴路變化，把外部行為（吃甜點）與內部經驗（滿足）建立聯繫，這樣的連結是透過所謂的神經可塑性而學習（頁28），久而久之，當刺激與滿足密切連結時，為了反覆獲得滿足，我們便會直接聯想、追求相應的外在刺激（例如突然想吃甜點，管不了自己的身體就跑去吃了）。

但是，酒精對酬償系統的作用，卻跟一般食物有著極大不同。

喝酒會促進腦內短時間釋放大量多巴胺，大量的多巴胺則會讓人在短期內感受到極大的愉悅與幸福，然而，多巴胺的濃度，只有在酒精濃度「正在上升」時會跟著上升，當血液中的酒精濃度下降時，多巴胺便不再上升，相關的效果也會馬上消失。喝酒之後，由於用掉了儲存中的多巴胺，趕不及製造新的，因此多巴胺濃度會比原先來得低。此時，由於愉悅感消失了，為了回味那種幸福的感覺，「多喝一口酒」或是所謂的「追酒」，便成了唯一的方法。

進一步來說，若是長期喝酒，反覆過度地刺激腦部酬償系統，腦部會自動啟動保護機制，其中一個重要方法是，降低神經對於多巴胺的「敏感度」，讓神經變得稍微鈍鈍的，以免過度刺激造成負面的影響。這時候假使我們再度喝酒，由於神經的敏感度下降，喝酒後的滿足度便不如以往，原先期待的感覺也消失了。

更麻煩的是，若是我們在長期飲酒後，回過頭來享用美食，這時因為相關神經對於外在刺激敏感度下降，酬償系統已經失調，就算產生了「適量」的多巴胺，我們仍感受到相對「不夠快樂」，享用美食的滿足度已大不如前。

對人類的記憶而言，「多」的感覺總是比「少」來得印象強烈，長期飲酒後，不論是喝酒或是享受美食，都有共同的「不足感」，進而提醒腦部，應該要分泌更多的多巴胺，當出現了這樣提前性的「期待」時，腦部多巴胺也會上升，同時產生一個訊號，告訴飲酒者：「喝酒吧，若要感受到快樂，只有酒精才可以達到你要的滿足感。」

飲酒者喝了酒，獲得比享受美食更多的快樂，一次一次累積這樣的經驗，透過神經可塑性連結在一起，便開始覺得只有酒才可以讓自己感到愉悅，其他的都不行。換句話說，腦部被酒精擺了一道——酒精透過影響酬償系統，讓人覺得「非酒不可」。

神經細胞記憶這樣的變化，一切與酒精有關的事物，都會讓神經自然而然地連結到「飲酒」，內在想喝酒的「癮頭」與外在的「暗示」，都讓酒精成癮者的腦部直接指向：我需要喝酒。因此產生了各種追求酒精的行為，酒精成癮者為了啟動酬償系統感受到愉悅，用盡方法就是一定要得到酒。

十二 醉翁之意不在酒的矛盾情懷

——歐陽脩的停酒妙計

因為生病，陸游和辛棄疾暫時放下酒杯，深思了酒與病之間的關係，並說出心中的矛盾。

回到北宋，我們來看看歐陽脩吧！他同樣喜歡酒後開心自樂的感覺，不約而同地，也有一段時間開始戒酒——到底發生了什麼事？面對酒杯，他手上有哪些牌，能讓戒酒更為順利？若是在現代，歐陽脩還有哪些適合的戒酒方法？

古代善飲、狂飲的人很多，各種封號應運而生：酒仙、酒聖、酒鬼、酒癡、酒怪，可能還是現今國高中生考試配對的題目選項。但其中卻有個人的名號不沾到酒字、不敢用仙字、也不用聖字，僅自稱醉翁——他就是本文要介紹的歐陽脩。

「醉翁之意不在酒」，那麼酒的用途是什麼？

時間回到歐陽脩將近四十歲時，他被貶到了滁州，又遭受喪女之痛，情緒想必低到了谷底。為了排愁解悶，歐陽脩於是到滁州近郊走走晃晃，在附近的豐山發現了泉水，便築池建亭，寫下〈豐樂亭記〉；又到西南邊琅琊山上和大家玩樂，覺得熱鬧又開心，更用自己的號「醉翁」命名了其中的山亭，寫出了〈醉翁亭記〉，我們來看看其中一段：

> 太守與客來飲於此，飲少輒醉，而年又最高，故自號曰醉翁也。醉翁之意不在酒，在乎山水之間也。山水之樂，得之心而寓之酒也。

這裡有幾個有趣的地方，首先是「飲少輒醉」，歐陽脩似乎不太會喝酒，少量的酒就讓他不勝酒力、要醉倒了；而儘管「年又最高」，但畢竟他當時也還不到四十，既不老也不太會喝酒，卻自稱醉翁，旁邊的人一定頗感奇怪，憑什麼？

他只好繼續解釋：取這個名字，喝酒不是其中最重要的，能縱情於山水之間才是他的本意。而這些快樂，雖然只需要心領神會，但若沒有酒作為寄託，便無法從中體會到。歐陽脩正是在強調飲酒後的好處，透過酒，可以忘卻日常挫折與煩惱，更能享受生活之樂！

以「醉翁」作為名號，目的是什麼？除了〈醉翁亭記〉外，他在〈題滁州醉翁亭〉詩中開頭也描述道：

> 四十未為老，醉翁偶題篇。醉中遺萬物，豈復記吾年？

歐陽脩自認四十歲還不算太老，但偶爾還是會以「醉翁」為名，用來題詩作文。若是喝醉後能將萬事萬物都忘掉，怎麼還會記得自己幾歲呢？推敲文意，他藏在心中沒有說出來的話可能是：如此一來，他也同樣不會記得現在的煩惱與挫折了吧？歐陽脩在滁州時的低潮，總是有酒相伴，落寞的他也寫下了：「猶堪攜酒醉其下，誰肯伴我頹巾冠。」[1]人生逆境中，除了喝酒醉倒外，又有誰能與他相伴、分憂解勞呢？

歐陽脩在滁州時，大多陰鬱沉悶，到了終於要離開時，他寫道：「我亦且如常日醉，莫教弦管作離聲。」[2]這次別離，要像平日般大家相聚歡醉。他提醒眾人，千萬不要讓管絃奏出令人傷感的離別之音。歐陽脩就是這樣的一個人，時常透過酒精麻醉自己，但有時也僅能強顏歡笑。

歐陽脩在情感的表達上似乎較為壓抑，只有透過喝酒紓發情緒，而他的醉飲，也比其他人都冷靜些，這樣的醉翁，果真意不在酒，更在藉以放鬆、澆愁解悶。

歐陽脩為何要停酒？

一樣是在滁州的生涯，歐陽脩似乎生病了，這個時間點，甚至是他寫〈醉翁亭記〉的前一年，但他已感嘆著自己才三十九歲[3]，卻因為喝酒影響了身體狀況，一整個春天無法再喝，精氣體力似乎更糟了。

> 今年得疾因酒作，一春不飲氣彌劣。（〈病中代書奉寄聖俞二十五兄〉）

歐陽脩不飲酒，和許多人的理由相似，也就是所謂的「因病止酒」（頁172、180、246），然而從歐陽脩的詩句來探究，關於停酒，他和其他人仍有許多不同之處。他不喝酒的關鍵轉折時間，大概是從滁州知州任內，到南京應天府工作之前，也就是將近四十歲到四十五歲之間，無論是面對酒或是醉，思考健康或是生病，歐陽脩的態度逐漸有所轉變。

四十多歲的歐陽脩寫出了「年來因病不飲酒，老去無悰懶作詩」[4]，因為生病不喝酒，整個人懶懶的，感受不到歡樂，連詩都不想寫；「我今三載病不飲，眼眵不辨騧與驪。」[5]還曾因生病停了三年的酒，同時由於眼屎多，竟然分不出馬的顏色與品種，從這首詩的寫作年份再往前推三年來估算，歐陽脩就是從四十歲開始身體出狀況，尤其酒對於眼睛的影響似乎很深。那幾年，他「行揩眼眵旋看物，坐見樓閣先愁登」[6]、「中年病多昏兩眸，夜視曾不如鵂鶹」[7]，再三提到眼睛看不清楚；而「老雖可憎還可嗟，病眼眵昏愁看花。不知花開桃與李，但見紅白何交加」[8]，因為視力模糊，花色都重疊在一起，讓他深深感到無奈。

歐陽脩到了五十幾歲仍提到停酒，「念昔逢花必沽酒，起坐歡呼屢傾榼。而今得酒復何為，愛花繞之空百匝」[9]，過去他賞花一定不停地倒酒喝酒，但現今卻一口也不敢喝；寫給朋友王素的信中，他也感嘆中年過後，都不能痛快飲酒了[10]。過了幾年，歐陽脩還對王素說：「呵呵，酒絕吃不得，聞仲儀日飲十數杯，既健羨，又不能奉信。」歐陽脩呵呵笑外，也超級羨慕王素（仲儀）可以喝這麼多酒啊，可惜自己不行，絕對不能跟著喝！

這些疾病陪伴著歐陽脩到老，將近六十歲的他想要辭官外任，寫給皇帝的箚子就提到自己的身體狀況，這十年來他的眼睛尤其不行了[11]，「視瞻恍惚，數步之外，不辨人物」。同時，糖尿病也開始困擾著他[12]，讓他「四肢瘦削，腳膝尤甚，行步拜起，乘騎鞍馬，近益艱難」[13]。

從「得疾因酒作」到「酒絕吃不得」，疾病對歐陽脩造成了整整三十年的影響，他理性地看待喝酒這件事，說不喝就幾乎不喝——那他究竟怎麼做呢？

醉翁竟然改喝茶

歐陽脩是行動派，說要停酒，便認真找方法，也真的想出了許多方式，以之為鑑，現今說不定有些方法一樣適用。

歐陽脩四十五歲時的詩中，如同過往以「醉翁」自稱，但心境與身體狀況皆不同了，在和朋友杜衍一同暢飲後，他寫下了這首〈依韻答杜相公寵示之作〉：

> 醉翁豐樂一閒身，憔悴今來汴水濱。每聽鳥聲知改節，因吹柳絮惜殘春。平生未省降詩敵，到處何嘗訴酒巡。壯志銷磨都已盡，看花翻作飲茶人。

他這醉翁不像當年擔任滁州太守時一身清閒，現在在南京應天府任事的生活，身體和精神的狀態都要差了一些。自己對於季節的變化感覺遲鈍，總是聽見枝頭鳥鳴方知冬日已盡，

等到柳絮風飄才惋惜春光短暫。回想自己這輩子無論寫詩作文章，從來沒對誰認輸過；不管到哪裡喝酒，也從來沒有推辭過。如今，他所懷抱的豪情壯志，已幾乎被磨耗殆盡，連春日賞花這種需要喝酒助興的場合，他也都改飲茶了。

當時的醉翁，已經變得「憔悴」，體力與心情不如以往，他依舊暢飲，只是改成了喝茶，「醉翁」也成了「飲茶人」。再看看這一段：「喜共紫甌吟且酌，羨君瀟灑有餘清。」如果不看標題〈和梅公儀嘗茶〉，可能會以為歐陽脩仍在喝酒吧！

《歐陽脩全集》中，提到與茶有關的詩詞約二十首，出現的時間幾乎都集中在他四十五歲以後。北宋所產的茶，大致可分為散茶與團茶，其中，團茶來自福建鳳凰山的北苑，稱作「北苑貢茶」，工法繁複，非常貴重，依照製作材料與方式和茶餅上壓製的花紋紋樣，還可以細分成龍團、鳳團、白乳、勝雪等。歐陽脩的詩中寫到的茶，就以北苑貢茶最多。

從烹茶過程到品嘗時的各種感官刺激，歐陽脩非常享受，詩中從嗅覺、味覺、視覺到觸覺的描繪，再到比擬與化用典故，他不諱言自己是真心愛茶。在寫給梅堯臣的信中，他大力讚美了茶一番，將茶擺到最高的位置：「萬木寒癡睡不醒，惟有此樹先萌芽。乃知此為最靈物，宜其獨得天地之英華。」[14]下一封信，歐陽脩開頭就寫道：「吾年向老世味薄，所好未衰惟飲茶。」[15]年紀越大，興趣越少，他不變的樂趣就只剩下喝茶了。

這封信的詩中，歐陽脩也描述了喝茶的妙處：「論功可以療百疾，輕身久服勝胡麻。

我謂斯言頗過矣，其實最能祛睡邪。」當時飲茶號稱可以治百病，[16]長期服用後，強身健體的功效甚至比胡麻還好。不過，歐陽脩也覺得這樣的說法有點過頭，其實茶最重要的是可以驅除睡意啊！如此愛茶的歐陽脩，還在詩的後段提到「親烹屢酌不知厭，自謂此樂真無涯」，喝再多都不覺得厭煩，這快樂真是無可比擬！

歐陽脩到了六十歲仍繼續喝茶，對茶相當依賴，在〈感事〉這首詩中明白提及，「病骨瘦便花蕊暖，煩心渴喜鳳團香」。可能因為糖尿病的影響，他形容自己身形消瘦、容易口渴，還好有皇帝賞賜的鳳團茶可以聞香、解渴、消除煩悶。更有趣的是，他似乎擔心茶不夠喝，在這首詩的自註上，還計算了過去到未來每個月可以獲得多少賜茶。[17]

觀察歐陽脩從「醉翁」成為「茶人」的關鍵，除了因為中年的眼病，加上老年時糖尿病的影響，也就是「得疾因酒作」而不能再喝酒之外，他也體驗到了喝茶的樂趣，提到茶具有的作用，但其中似乎還有一些值得探索的因素。

不可或缺的飲茶好友！

歐陽脩的詩詞篇章與書信往來，無論是紓發疾病之感慨，或是分享飲茶的趣味，其中關鍵，都是他的一群好友，大家一同飲茶、品茶、詠茶唱和！

歐陽脩的喝茶好朋友中，最重要的是多次書信往來的梅堯臣。梅堯臣筆下關於茶的詩文也有五十篇，還有好幾封是與歐陽脩兩人的唱和茶詩。歐陽脩寫下前文提及的〈嘗新茶呈聖俞〉給梅堯臣後，梅堯臣便回他〈次和韻〉；歐陽脩再寄給他〈次韻再作〉，而他也再回覆〈次韻和再拜〉，唱和內容主要提及歐陽脩所得的新茶，其來源與製作方式，以及兩人品茶享受時的美妙心得。

除了與歐陽脩的唱和茶詩外，梅堯臣有些茶詩也提到了歐陽脩，在〈答建州沈屯田寄新茶〉中，他寫道：「**春芽研白膏，夜火焙紫餅。價與黃金齊，包開青蒻整。碾為玉色塵，遠及蘆底井。一啜同醉翁，思君聊引領。**」可想見兩人的老交情，一同品茶，互相鼓舞，雖然他仍稱歐陽脩「醉翁」，但因為喝茶，兩人喝酒的量與頻率都減少了。

歐陽脩除了有能分享品茶滋味的朋友，還有一位無可取代的好朋友負責提供上好的茶，隔空分享並遙寄祝福。他曾收到不少次這位朋友所寄贈的茶，也寫了好幾封信感謝他——這位朋友就是蔡襄。

蔡襄本身是福建人，而福建正是前文提到的「北苑貢茶」產地，他也曾擔任福建轉運使，期間還完成了《茶錄》（又名《龍茶錄》）這本茶書，送給歐陽脩過目後，歐陽脩不能釋手，主動寫了後序與跋文，讚美蔡襄監造的茶多麼珍貴，也提及他有多珍惜蔡襄進貢給皇帝、皇帝再賞賜給自己的茶餅。[18]不僅如此，在歐陽脩寄給梅堯臣的書信之中，竟然還提到「蔡君謨（蔡襄）寄茶來否？」看來他真的很期待蔡襄寄贈的茶。

因此，除了因病「不能再喝」之外，「猶須朋友並良時」[19]，不可忽視的是這些親友的支持，與大家一致的觀念轉換，梅堯臣、蔡襄、甚至當時的皇帝宋仁宗，對歐陽脩能將飲酒的焦點轉移到茶上，彼此分享茶的功效與品茶的樂趣，實在是功勞頗大。

從酒到茶，歐陽脩「六一」中的矛盾情懷

歐陽脩放下酒盞、端起茶杯後，做了一個有趣的比喻，比較了心目中茶與酒的不同與地位。「須臾共起索酒飲，何異奏雅終淫哇」（〈嘗新茶呈聖俞〉），品了茶後如果還要喝酒，那就像是奏完雅正肅穆的樂曲後，以淫邪的靡靡之音作結，歐陽脩似乎是覺得可惜了，但不知最終他是否回頭享受了靡靡之音。

晚年的歐陽脩自號六一居士，在他的〈六一居士傳〉中，解釋了「六一」的由來，他說：「吾家藏書一萬卷，集錄三代以來金石遺文一千卷，有琴一張，有棋一局，而常置酒一壺，以吾一老翁，老於此五物之間，是豈不為六一乎？」其中「常置酒一壺」很值得玩味，究竟放了一壺酒，是飲下肚呢？或是僅僅放在桌上？

追尋歐陽脩的茶酒轉變軌跡，我們多麼希望他僅僅置酒而烹茶，不喝酒轉而品茶，若是能順利由醉翁轉為茶人，從矛盾心境到踏實前進，那麼他戒酒的努力也就有成果了！

●●●●參考資料

蔡佩珈，《歐陽脩的飲茶生活》，東吳大學歷史學系碩士論文，二〇一三年。

跟著歐陽脩以茶代酒——嘗試幾招戒酒心法

既然歐陽脩表達了這麼大的誠意要戒酒，我們就一起來幫幫他吧！

第一招：思考可能喝酒的情境

什麼時候最有可能喝酒？歐陽脩似乎告訴我們，心情煩悶的時候，他會喝酒來紓發情緒。但每人喝酒的時間點不同，我們也要分別看待。

一般來說，什麼時間點會想喝酒呢？這最常發生在出現任何飲酒暗示（cue）時（頁186）！看到酒杯、聞到酒香、聽到有人在討論酒的時候，我們不知不覺就會連結到喝酒剛開始的美好，不知不覺就買下手、喝下肚。一整天的生活中，有些人可能習慣睡前喝一點酒，也有些人是工作時飲用；有些人是和親朋好友聚會時喝，也有人可能是獨處時喝得比較多；有些人是興致高昂的時候飲酒（例如：李白），有些人則是壓力大的時候

（例如：杜甫），當心情較為低落或是覺得有點空虛、無聊時（例如：李清照），喝點酒往往是常見的方法。

一天中，總是有較為「安全」而不會喝酒的時候，也有比較「危險」——不小心就會碰到酒的時候，稱作高危險情境（high risk situation）。若是想要嘗試戒酒，可以在心情平穩時，冷靜思考自己在什麼情境之中會想到酒、喝到酒，把危險的時間點事先整理起來，提早準備，就可以事半功倍！

‧‧‧第二招：面對情緒壓力的因應‧‧‧‧‧‧‧‧‧‧‧

雖然情緒不佳、壓力大的時候，喝酒或許可以暫時麻痺情感、舒緩壓力，然而，長期來看，卻會有更大的麻煩。尤其若長期喝酒，經過神經自我適應（頁129）之後，人們調節情緒的能力下降、面對壓力的方法減少，就會陷入難以自拔的惡性循環之中。

面對情緒，有時需要的是他人的幫忙，有時則要反過來試試看：「在這麼艱難的情況下，如何讓自己好過一點？」面對壓力，我們有時候實在很難改變外在現狀，不過，或許還是可以找到一點時間讓自己偷空放鬆、自在一會兒。雖然我們每個人都不相同，但避免掉入飲酒後的惡性循環，卻有共通的法則。

第三招：找出取代飲酒的方式

歐陽脩的「以茶代酒」是非常具有跨時代意義的，雖然茶和酒的化學性質與對腦部的作用不一樣，但「以茶會友」的功能與酒近似，在朋友相聚、宴會社交時，茶的功能甚至可以與酒類比。喝茶止酒，除了擺脫飲酒的腦部影響之外，在社交場合中也能不失禮節、賓主盡歡。

然而一千年前的歐陽脩生得太早了，若在現今臺灣，相信他還有更多的替代飲品。他可以嘗試口感近似的黑麥汁，這同樣是用麥芽、啤酒花為原料，但在製作過程中停止發酵，因此並未產生酒精，也不會有酒精造成的腦部影響。

近十年來，或許也可以嘗試其他「無酒精啤酒」（non-alcoholic beer），無論是外國或臺灣本土的啤酒廠牌都有。製程中，透過加熱使酒精揮發並使用某些過濾方式，再打入二氧化碳，做出與啤酒風味、口感相似的無酒精飲料，若知道這些資訊，相信歐陽脩也會願意嘗試看看。

第四招：尋求親友團體的支持

歐陽脩之所以能盡量維持停酒，除了生病不得不然，朋友的支持也很重要，有梅堯臣、蔡襄這樣的好友互相提醒、彼此鼓勵，他實在很幸運。但朋友並不是二十四小時都在身旁，總還是有不小心讓喝酒的念頭盤踞心中的時候，若是可以，除了像歐陽脩一樣，誠實地向親友表達喝酒所帶來的影響外，也可以分享停酒的心情、需要大家哪些協助，當自己不小心復飲的時候，他們又可以怎麼幫忙。甚或是醫療場所提供的個別治療、家族治療、團體治療，也都能個別化替想要戒酒的人找出適合的治療模式。

若在現今的臺灣，歐陽脩還可以加入「戒酒無名會」，戒酒無名會是一個參加者彼此不認識的團體，團體中的每一個人都是為了戒酒而來，透過團體的支持與經驗分享，從規劃好的步驟中，了解戒酒問

戒酒無名會（Alcoholics Anonymous，簡稱 AA）

戒酒無名會最初成立於 1935 年，是由飲酒過來人組成的互助戒酒組織，目前在全世界 100 多個國家中，已成立 10 萬個以上的團體小組。
飲酒者會於團體中分享各自對於酒的經歷與難處，透過自助與他助，讓成員重新回到原本正常的生活。只要想為自己的飲酒問題做點改變的人，都可以參與，團體中不需要揭露自己的真實姓名與身分，主要是透過十二步驟（12 steps）的形式，引導成員一步步察覺自身、接受自己、付諸實踐並持續改變，達成戒酒的目標。
臺灣戒酒無名會已成立超過 20 年，全臺目前有超過 10 個據點。
網址：http://www.aataiwan.org/

題不是依靠自己的力量就能解決，若要克服，必須按照其中「十二步驟」執行戒酒康復計畫，如此一來，便可以增加自己成功戒酒的機會。

酒滿茶半：茶酒比較

	酒	茶
別稱	忘憂君、醴泉侯、杜康、紅友、綠蟻、玉醴、瓊漿、黃湯	滌煩子、不夜侯、陸羽、清友、玉爪、仙芽、水厄
主要影響腦部成分	乙醇（ethanol）	生物鹼： 含茶鹼（theophylline）、咖啡因（caffeine）
作用分類	主要為中樞神經抑制劑（然其作用更為複雜）	中樞神經興奮劑
初期效用	欣快感、放鬆感、緩解焦慮、降低警覺	提神、減少疲勞，提高警覺，減少反應時間
睡眠作用	入睡時間縮短、易醒、多夢、睡眠品質降低	入睡時間延後、睡眠品質降低
戒斷症狀	心跳加速、手抖、煩躁不安、情緒低落、失眠	頭痛、疲勞、降低警覺、情緒低落、類似感冒症狀

十三 戒酒必經之路的挑戰

——回首梅堯臣的戒酒人生風景

梅堯臣是歐陽脩的好朋友，歐陽脩戒酒時，他不僅全力支持，更是以身作則，兩人在戒酒這條路上，可說是相互扶持的好夥伴！

梅堯臣一步一腳印地前進，在戒酒的不同階段中，他用詩告訴大家，自己面對了什麼樣的困難，而他的徘徊與掙扎又是什麼。既然梅堯臣打算親自示範，大家就一同來見證吧！

梅堯臣，字聖俞，世稱宛陵先生，儘管仕途不順，他卻是歐陽脩一生的好朋友。梅堯臣寫詩主張寫實、力求平淡，被稱為宋詩的「開山祖師」，南宋陸游甚至在〈梅聖俞別集序〉中，提到歐陽脩的文章、蔡襄的書法與梅堯臣的詩是「三者鼎立，各自名家」，可見當時梅詩影響力極大。

大家可能對梅堯臣不熟悉，但在下面這段有名的故事中，他雖不是主角，卻是不可或缺的綠葉。嘉祐二年（一〇五七年），歐陽脩任禮部試的主考官，而梅堯臣為參評官，幫忙主考官初步查看考卷。梅堯臣閱卷時發現了青年蘇軾寫的〈刑賞忠厚之至論〉，大力推薦給歐陽脩審閱，兩人都很驚喜，雖然最後歐陽脩擔心這是自己學生曾鞏的作品，而把它後挪到第二名，但從這段軼事可以看出，梅堯臣最先發現了青年才俊蘇軾的文采，難怪蘇軾在〈上梅直講書〉中寫下「有大賢焉而為其徒，則亦足恃矣」，願意做梅堯臣的學生呢！

梅堯臣詩中的戒酒挑戰

梅堯臣的詩作豐富又平易近人，連「瑣碎醜惡不大入詩的事物」[1]，他都願意大書特書，當然也不諱言飲酒、生病、戒酒這樣的主題，從他的詩句中，我們可以觀察到他如何面對戒酒的挑戰，一步步朝向復原的道路邁進。

這條路很長，不僅要面對戒酒的困難，進一步做出改變更不容易。若要陪伴想戒酒的人一同面對，「動機式晤談」是一項可行的方法，依照梅堯臣「戒酒」的漸進想法，可以分成不同的復原階段，進一步提供不同的治療策略，達到事半功倍的效果。其中復原的階段並不是一直線，而是循環往復的，他在這條路上會前進、也可能後退。我們若將梅堯臣的詩作分類，就可以看到不同的戒酒復原階段中，他是怎麼想的。

不懂為何要戒酒的沉思前期

梅堯臣和許多文學家一樣，時常飲酒作詩，喝酒對他來說是生活的一部分，他也有許多豪飲、長醉的詩詞，如「我願會良友，醉顏日常赬。東海為酒卮，五湖為杯羹」[2]、「一日復一夕，醒目常

動機式晤談（Motivational Interviewing）

動機式晤談由米勒（William R Miller）於 1983 年提出，是從旁協助想戒酒的人做出改變的治療模式，一開始主要用在物質成癮的人身上，之後則在許多領域中應用。動機式晤談會依照人們當下的改變階段，提供不同的治療面向，在內容方面，面對其中的矛盾與強化改變的動機，是幾個重要的議題。

而動機式晤談分期的基本治療架構則源自跨理論模式（Transtheoretical Model），這是由波巧斯卡（James Prochaska）及笛可利米堤（Carlo DiClemente）於 1982 年提出的改變模式，將行為的改變分成 5 個階段（The Stages of Change），包含沉思前期、沉思期、準備期、行動期、維持期，若再加上復發，便成為一個循環。

不眠」[3]。梅堯臣會喝、愛喝，喝到讓《宋史》清楚記上了一筆：「堯臣家貧，喜飲酒，賢士大夫多從之遊，時載酒過門。」他沒有什麼錢，朋友們便常送他酒，連歐陽脩去梅家拜訪時，看到梅堯臣有這麼多佳釀好酒都嘖嘖稱奇。

這時的梅堯臣還不覺得飲酒會有什麼問題，也不了解酒精可能的影響，當然也不認為需要戒酒，這就是第一階段「沉思前期」的表現。

懵懵懂懂、好壞難分的沉思期

時間回到蘇軾上榜的那一年，當時五十七歲的考官梅堯臣，寫了一首「戒酒詩」送給歐陽脩，可以想見兩人的好交情。儘管梅堯臣沒有明說為什麼要戒酒，但極有可能是因為生病。這首詩的標題叫作〈莫飲酒〉，讓我們來看看他是怎麼寫的：

> 莫飲酒，酒豈讎，顏回不飲不白頭。千鍾稱帝堯，百觚號聖丘。定國數石無滯留，康成三百杯未休。阮籍作詩語更遒，聖賢在前誰與謀。喉乾舌強須潤柔，照見文字勝膏油。

不要喝酒啊，酒怎麼會是仇人呢？顏回不會喝酒還不是年紀輕輕就白了頭髮。古代聖賢中，堯與孔子分別能喝上千鍾、百觚；漢代于定國喝了數石的酒，酒卻順暢地通過身體，彷彿沒有留在體內；鄭玄（康成）喝了三百杯酒，還沒有準備停下來的樣子；阮籍則是酒後寫詩寫得更有力，這些先聖先賢在前，（關於是否飲酒）我可以和誰一同商量呢？口乾舌燥時需要酒來潤潤，若是在黃湯下肚後寫文章，可比燈油照光來得更有幫助啊。

細細一讀，梅堯臣這首詩除了開頭三個字「莫飲酒」，勸誡自己不要喝酒之外，每一句都在講古聖先賢喝酒的妙處，似乎有點自相矛盾。收信者歐陽脩肯定一眼就看出了端倪，他在回信中偷偷揶揄了一下梅堯臣：

> 子謂莫飲酒，我謂莫作詩。……此翁此語還自違，豈如飲酒無所知。……但飲酒，莫作詩，子其聽我言非癡。（〈答聖俞莫飲酒〉）

你跟我說不要喝酒，我才要告訴你不要寫詩。……你說了「莫飲酒」這些話後還自打嘴巴，這不就像是酒後一醉，什麼都不知道了。……還是放寬心喝酒吧，不要寫詩，我這些話絕非愚昧無知，希望你好好聽進去。

歐陽脩發現了梅堯臣的矛盾，知道他還沒有下決心戒酒，於是鼓勵他繼續喝，等到酩酊大醉後，心中各種不平都會消失。歐陽脩反而覺得寫詩會影響心情、混亂思緒，所以叫梅堯臣不要寫詩了。

從梅堯臣與歐陽脩回信當下的時間點來看，不管是停止寫詩或停止飲酒，兩人都沒有真正做到，然而，他們開啟了珍貴的討論空間，針對喝酒好壞進行分析、討論，似乎進一步發現彼此說的和做的並不一致！

梅堯臣還沒罷休，他不甘心被揶揄，繼續回信給歐陽脩，越寫越起勁：

我生無所嗜，唯嗜酒與詩。……甑空釜冷不俛眉，妻孥凍飢數恚之。但自吟醉與世違，此外萬事皆莫知。……諸公尚恐竭智慮，勤勤勸飲莫我卑。再拜受公言，竊意公矯時。只愛詩，謂余癡。（〈依韻和永叔勸飲酒、莫吟詩雜言〉）

我一生沒有什麼嗜好，只有愛好喝酒與寫詩。……就算家中久沒燒飯、如此貧困，就算妻兒又餓又凍、對我多有怨言，我也未曾低頭。雖然與世俗常情相違，我仍要繼續寫詩喝酒，除此之外，其他一切事情與我無關。……你們這些好朋友看得起我，用盡方法時時勸我飲酒。感謝您（歐陽脩）給我的話，但我猜想您是故意違背時俗才會說出（莫吟詩）這些話，其實沉迷於詩的是您吧，才會說我也如此迷戀。

除了一開始對於是否飲酒的自相矛盾，讓人分不出梅堯臣的本意之外，兩人的書信往來有點像是「答嘴鼓」，歐陽脩說：「別寫詩了，喝吧！」認為喝酒比吟詩好；梅堯臣也回覆：「喝啊，反正我就爛！」只不過你的沉迷也沒有比我少。若把作者的名字遮住，就像是兩位好朋友抬槓，而個中邏輯的似是而非，還真令人看不出是大文學家的魚雁往返。

若是進一步思考梅堯臣所想，他隱約察覺到喝酒造成的影響，想戒酒卻猶豫不決，因而自相矛盾、前後不一。可以觀察到，梅堯臣在這時沒有足夠的動機改變目前喝酒的狀態，因此，他可以說是正在經歷一段戒酒必經的過程，這種飲酒戒酒的矛盾狀態，就是所謂第二階段「沉思期」。

猶豫徘徊的準備期

梅堯臣猶豫一段時間後，對於自己要不要喝酒，做出了決定：

多病願止酒，不止病不已。止之懼無歡，雖病未宜止。……止酒儻不瘳，枉止徒可恥。止亦隨化遷，不止等亦死，慎勿道止酒，止酒乃君子。（〈擬陶潛止酒〉）

我因時常生病，希望可以戒酒，不戒酒的話，病就好不了。但若戒酒，我卻會害怕感受不到快樂，因此雖然還生著病，但仍找不到適當的時機停酒。……若是戒酒後，病況仍然無法康復，那不就枉費我努力戒酒了嗎？即便戒了酒，人生依舊得隨著造化變遷（一死），不戒酒的話，不也同樣是等死嗎？我要謹慎，不能隨意說自己要戒酒，戒酒是君子才能做到的事情啊。

〈擬陶潛止酒〉詩中總共二十句，句句都有「止」這個字，這時候的梅堯臣，已經有戒酒的念頭了，他分析了利弊後，明白飲酒與生病的關係，但開始嘗試戒酒時，卻體驗到各種不舒服。

由此而知，梅堯臣已進入了第三階段「準備期」，這時候，他有一些戒酒的想法與計畫，甚至開始有一些戒酒行動，但沒有辦法持續很久。朋友樊先生也勸他要戒酒，梅堯臣則寫詩把其中的困難與擔心表達了出來：

> 少年好飲酒，飲酒人少過。今既齒髮衰，好飲飲不多。每飲輒嘔洩，安得六府和。
> ……予欲從此止，但畏人譏訶。樊子亦能勸，苦口無所阿。乃知止為是，不止將如何。
> （〈樊推官勸予止酒〉）

年輕時我喜歡喝酒，很少有人能喝得比我多。而今年紀大了，牙齒掉落、頭髮稀疏，我還是一樣喜歡喝酒，但實在無法多喝，只要一喝我就上吐下瀉，整個身體都不舒坦。……我希望從現在開始不喝酒，但擔心身旁的人嘲笑。樊先生也勸我不要喝酒，苦口婆心，無所偏袒。我也知道戒酒才是對的啊，不戒酒，我還能怎麼辦呢？

在準備期之中，梅堯臣面對的是無助感，他明明已經下定了決心，但真的去實踐時，卻發現比原先想的更困難，一不注意開喝了，就又要重頭開始。面對自己與親友的期待落空，卻不知道可以怎麼做，梅堯臣把這樣的複雜心情寫得很深刻。這種無助感，會讓人對「改變」卻步，因此我們需要一些策略，一起來幫幫梅堯臣。

嘗試戒酒的行動期

經過了一段時間的準備，梅堯臣終於下定決心要戒酒，也真的行動了，在很多宴飲場合中，他努力地推辭，讓自己不要喝酒。

梅堯臣知道，朋友送行相別時，最容易碰到酒，他在〈送毛祕校罷宣城主簿被薦入補令〉中寫道：「嘗聞開元時，令長多賜戒，戒石今尚存，世異事不背。以此贈行行，無酒勿我怪。」梅堯臣提到，唐玄宗將〈新戒〉文字刻在石頭上，賜給諸位縣令作為勸誡。他也效法唐玄宗，在送別時對朋友說：「那個戒石到如今都還在，所以不要怪我，我們還是別喝吧。」這時候的梅堯臣，清楚知道送別時是一個高風險、容易重新喝酒的情境，也就是說，他這時已經進入了第四階段「行動期」。

「種菊將飲酒，菊開酒無有。雖不負爾目，且已負爾口。」[4]看到菊花就想到喝酒，這是梅堯臣可能喝酒的危險時刻，幸好他說這次有花沒有酒；「君但惜晴景，休言止酒非。」[5]春天雨後天晴的佳景，也是會碰到酒的時刻，朋友想找梅堯臣賞美景、喝一杯，他則稱病不能喝，還請朋友諒解，千萬別想成是戒酒的過錯。

「詩成止酒後，病怯舉杯空。短髮雖然黑，心如一老翁。」[6]梅堯臣筆下另一個戒酒時的困難，是少了心中的寄託，心裡頭空空的、甚至有點悶悶的，就像垂垂老矣的老頭。沒有了酒，梅堯臣的情緒似乎有點低落，但無論多麼困難，他應該可以跟自己說，能撐著一天不喝酒，就是踏實地度過一天的戒酒行動期。

踏實地過一天是一天的維持期

梅堯臣實在很不容易，戒酒時，除了要面對各種容易復發喝酒的情境外，還要回應勸他喝酒的朋友，其中，汝州王素竟然特地寫了封長信，嚴厲指責他居然開始戒酒，並勸他回頭繼續暢飲，無奈的梅堯臣回了封信，將王素提到的論點整理出來：

指以年齒衰，非酒何養氣？春飲景可樂，夏飲暑可避。秋飲心忘愁，冬飲暖勝被。醉歌人不怪，醉言人不忌。在酒功實多，止酒酒何罪。（〈汝州王制待以長篇勸予復飲酒因謝之〉）

只是因為年紀大（就不喝酒），沒有酒的話如何保身養氣呢？春天喝酒可享受美景；夏日喝酒能驅散暑氣；秋天喝酒能忘記煩惱；冬天喝酒則比棉被更暖和。喝醉時唱歌沒有人覺得奇怪，胡言亂語也不需要忌諱，酒的好處與功勞實在很多，為什麼要停酒，酒又有什麼罪呢？

將喝酒的功勞整理出來後，梅堯臣仍客客氣氣地回了一封信，表達自己實在是因為生了場病，為了健康一定要戒酒，他禮貌地寫道：「書此以謝公，公言誠有味。」王素啊你說得真棒，謝謝你關心，但我梅堯臣仍要繼續維持我不喝酒的生活。

同樣在汝州，梅堯臣白日戒酒，晚上仍時時提醒自己，千萬不要破戒了。他寫下了「昨夕夢見之，謂須多置酒。雖慰魂來言，定不復入口」[7]，連做夢都夢到了酒，還聽到有人要他多準備些酒，還好他堅定拒絕了。

無論外在有怎樣的飲酒暗示，梅堯臣都試圖化解危機，繼續維持戒酒的狀態，這時候的他，邁入了第五階段「維持期」。在維持期，梅堯臣體驗著與飲酒時不同的生活樣貌，發現因迷醉時光而錯失的有趣事物，也找回因喝酒而忘卻的生活興味。然而，生活同時仍有許多與酒不期而遇的機會，會持續戒多久，雖說端看梅堯臣的決心，但若把可能破戒的情境預言一遍，超前部署因應方法，他的戒酒維持期想必能穩定地一天天延續下去。

戒酒復原之路即是戒酒必經之路

若我們再從頭瀏覽一次梅堯臣的戒酒之路，咀嚼他在不同戒酒階段的詩句與奮鬥歷程，將深刻體會到，原來他在戒酒這條路上前進了這麼多。對於戒酒，梅堯臣從完全不了解、懵懵懂懂、開始猶豫到逐漸嘗試，再到維持戒酒狀態；他從掙扎到接受，從心中徬徨無助到肯定當下戒酒的狀態，路途中，邁出的每一步都不容易。若能和梅堯臣一樣，每一步都依照當時的階段做好準備，增強改變的動機、化想法為行動，相信人人都能成功戒酒！

不同時期的梅堯臣怎麼順利戒酒？

——戒酒的各階段表現與方法

第一階段：沉思前期（Precontemplation Stage）

在這個時期，不能貿然地與飲酒者討論為什麼要戒酒，或如何戒酒、戒酒有哪些好處等，否則可能引來一些反射性的反感。這時或許可以從陪伴中，用接納的態度聆聽飲酒者對於喝酒的想法，包括喝酒的原因、喝酒的作用與好處等，若有機會進一步，就再一同思考喝酒可能造成的影響。對飲酒者表達關心，使其主動思考飲酒的好處與壞處，也讓準備要戒酒的人，有機會正視自己飲酒的狀態與相關表現，這部分準備好了，就能陪著飲酒者往下一階段邁進。

第二階段：沉思期（Contemplation Stage）

沉思期中，飲酒者一方面願意面對飲酒問題，另一方面又有點猶疑，不是那麼想「立刻」就戒酒，或是因為某些外在因素，被動地不得不開始面對飲酒問題。此時，飲酒者在搖擺不定的心理狀態下，還沒有辦法正視酒精造成的影響、真正面對困難點。

陪著想戒酒的人開始面對問題的這段時間，是最困難的階段。需要協助飲酒者一同進行「利弊分析」，討論一個基本、甚至有點老生常談的主題——飲酒的好處與壞處究竟是什麼？為了讓討論更容易進行，可以畫一個田字型四宮格，分別寫上喝酒的好處、喝酒的壞處、停酒的好處、停酒的壞處，甚至請親朋好友集思廣益，只要一有任何想法就寫上去，沒有所謂是非對錯，因此也還不用爭辯是否正確，反倒幫助飲酒者多想到一分，就多面對了一分。

在利弊分析的互動之中，飲酒者會不知不覺感受到自己的矛盾與不一致，比如說，喝酒才能維持友誼，但喝酒又容易爆肝，爆肝後就少與朋友聚會，聚會中不喝酒又似乎少了什麼等，發現這樣的矛盾是戒酒的必經之路，若是飲酒者逐漸發現了其中的不一致，便開啟了想要改變的契機和主動戒酒的動機，這時，沉思期的階段性目標就大致完成，可以往下一階段邁進。

第三階段：準備期（Preparation Stage）

在準備期，可以與正在戒酒的人一同制定具體的戒酒計畫，從飲酒到戒酒的「改變」過程中，會碰到某些困難，這些困難可能是什麼？而面對困難時，有哪些可以預先做好的準備？這部分分成生理與心理的準備：生理準備上，需要討論該如何處理酒精戒斷的症狀（頁163）、調整停酒中的過渡藥物、令生活作息規律等；而心理準備上，則要討論如何找出最容易開喝的時機（頁189）、怎麼樣避免那個時機、若是碰到壓力或是某些喝酒暗示時可以怎麼做。如此一來，應該就可以陪伴飲酒者一同度過這段辛苦而無助的準備期。

第四階段：行動期（Action Stage）

在行動期，需要確實執行擬定好的戒酒計畫，也要精進並修正本來的計畫。這時候，除了肯定與支持正在戒酒者目前的戒酒狀態，用各種方式來增強其信心之外，也要一同面對此時碰到的困難，尤其必須清楚辨識出最容易重新喝酒的危險時刻，也就是所謂的高危險情境（頁205）。

第五階段：維持期（Maintenance Stage）

在維持期要提醒戒酒者，長時間保持這樣的戒酒狀態很不容易，除了盡量避免高危險情境之外，要防微杜漸，提醒自己各種復發的可能，特別需要注意的是，壓力常常是這時破壞維持狀態的重要原因。

儘管維持期仍是辛苦的，但離開了酒精的影響，會慢慢感受到其中的好處，這時候，觀察自己各方面的改變，在工作、人際、情緒與生理健康上是不是有所不同，每一個細微的轉變都值得自我鼓舞，每一天的持續戒酒也都值得大書特書。

第六階段：復發（Relapse）

飲酒者總是會有不小心又開喝的時候，這時的感覺很複雜，有挫折、無奈、甚至自暴自棄，有旁人可能產生的不解與不滿，此時，必須先把握的原則，就是認清這是很多飲酒者中途必經之路，反而要善加利用這次的復飲（頁250）經驗，好好找出可能重新喝酒的相關因素。

十四　斷酒藥方在哪裡？

——楊萬里如影隨形的煩惱

〈將盡酒〉的最後，我們將目光朝向南宋的楊萬里，與歐陽脩、梅堯臣一樣，他也多次提到想戒酒，甚至還寫下了「約定」，提醒自己戒酒，然而用盡方法，效果仍然有限。

我們不妨幫忙翻翻當時的醫書，看看有什麼戒酒藥方可以幫助他？若是將時間拉回現代，又有什麼新的藥物能協助他在戒酒路上維持更久？

酒後豪氣萬丈的楊萬里

舉杯將月一口吞，舉頭見月猶在天。老夫大笑問客道，月是一團還兩團。（〈重九後二日同徐克章登萬花川谷，月下傳觴〉）

寫這首詩的是南宋的楊萬里，他看似在向詩仙李白致敬，卻又有意互別苗頭，李白看到月亮頂多是「**舉杯邀明月，對影成三人**」[1]，他則發出豪語，要將天上月亮一口吞下。這麼狂放的說法，想必是喝了酒才吐得出來。果然，詩中開頭就寫著：「**老夫渴急月更急，酒落杯中月先入。**」楊萬里從酒杯中看到月光，便說月亮竟比自己還著急，想喝酒的渴望比他更強烈。

喝了酒之後，楊萬里問身旁的人：「你看看啊，月亮是一個還是兩個？」他的疑惑有兩種可能：第一，如果只有一個，那為什麼剛剛他吞了月亮之後，眼前還會有另一個？第二，則可能是所謂的「複視」，他酒醉後看著月亮，因為眼睛肌肉失調而無法對焦，像是看到兩個光影一樣。無論是哪種可能，都可說是飲酒造成的影響。

李白會喝，楊萬里也豪飲；李白邀月獨舞，楊萬里則吞月大笑；李白大醉，楊萬里也效法「醉倒落花前，天地即衾枕」[2]，醉倒後直接躺在落花上，天地就是他的棉被枕頭。李白醉後吟詩，楊萬里也不遑多讓，寫下許多詩篇：

> 飲酒定不醉，嘗酒方有味。……（〈嘗諸店酒醉吟二首〉之一）
>
> 我飲無定數，一杯復一杯。醉來我自止，不須問樽罍。……（〈嘗諸店酒醉吟二首〉之二）

第一首他寫道：「我喝酒一定不會讓自己醉倒，這樣才能品嘗出這酒真正的滋味。」到了第二首，則調整為：「我喝酒沒有個定數，一杯又一杯。當我喝醉後，不用誰來問，我自然會自行停下來。」

這兩首〈嘗諸店酒醉吟〉，將喝酒前後的心理狀態描述得寫實透徹，合在一起，便是飲酒者最經典的說詞。楊萬里喝的量比他原先預期的多，一開始總說不會喝醉、不會過量，然而酒杯在眼前，一不小心便一杯接著一杯，就像水龍頭打開而無法關上，等喝到醉後，才不得不停下來（頁191）。此時的楊萬里，卻不知道是否已說出什麼不適當的話、做出什麼可能會後悔的舉動，這時，他的控制力似乎失常了。

楊萬里的戒酒之路躊躇而漫長

楊萬里可能就是因為一喝就停不下來，加上身體的各種病痛，才想到要戒酒吧？準備戒酒的他，大費周章地寫了一首長詩，但是寫到後來似乎不太對勁：

止酒先立約，庶幾守得堅。自約復自守，事亦未必然。約語未出口，意已慘不歡。……（〈止酒〉[3]）

這首詩一開始，楊萬里篤定地說：我戒酒前要慎重地先立一個約定！但第二句就有點露出馬腳——「或許」這樣就可以堅持住。接著他說，自己立下了這個戒酒約定，一定要好好守住，只不過事情並沒有想像中順利。尤其，楊萬里發現，他連這個約定都還沒有說出口，就開始感覺到悲傷、不快樂。

……銳欲絕伯雅，已書絕交篇。如何酒未絕，告至愁已先。我與意為仇，意慘我何便。不如且快意，伯雅再遣前。來日若再病，旋旋商量看。（〈止酒〉）

詩的後半段，楊萬里表達了他的躊躇煩惱。他急急忙忙地想要與裝酒的器皿斷絕往來，連絕交書都寫好了，但怎麼現在酒都還沒有停、僅僅只是告誡自己時，就開始憂愁煩惱了。他提到：若是和他的心意為敵，那面對這樣的悲傷心情，又該如何自處？最後只好說：「不如姑且讓自己稱心如意，把這些酒杯酒器拿回眼前。下次如果真的又生病的話，再來好好琢磨思考（要不要戒酒）。」也就是說，楊萬里只花了一首詩的時間，這個「戒酒」的想法就又被壓下來了。這和第一句「止酒先立約」，是不是正好相反呢？

楊萬里戒酒，似乎經歷了多次的奮鬥，而疾病[4]纏身，更讓他因此多次向醫家求助。〈病中止酒〉中寫道「老來因屬疾，不飲五月餘」，他曾因為生病而戒了五個多月的酒；〈去歲四月得淋疾，今又四月，病猶未癒〉中則寫道「花時久斷酒，紅藥為誰開」，因為泌尿道相關疾病，他停了頗長一段時間的酒，賞花而無酒，楊萬里似乎有點哀怨。

不僅如此，「客裡無聊已無奈，更教止酒過春殘」[5]，作客他鄉的楊萬里無聊又無奈，而且不能喝酒，是要怎麼度過春天呢？「病裡無聊費掃除，節中不飲更愁予」[6]，病中無聊，沒什麼方法好排遣，到了端午這樣的大節日還不能飲酒，實在讓他很憂愁啊！某年中秋節，楊萬里又在戒酒，「病來不飲非無酒，老去追歡總是愁」[7]，現在不喝實在不是因為沒有酒，而是因為生病了，他想要（喝酒）追求快樂，現在卻僅僅只有憂愁。

在不能喝酒時，他也會想試試看不同的方法來排解煩惱，然而卻充斥著各種負面的情緒。「**不如看人飲，亦自有醉意**」[8]，看看別人喝酒也不錯，這樣自己彷彿也有些醉意；而看著牡丹花卻不能喝酒，他失落地抱怨：「**虛名身後真何用，更判生前酒一杯。**」[9]死後這些虛名有什麼用呢？不如現在就給我一杯酒吧。對酒的渴望與戒酒的念頭翻來覆去，楊萬里最後仍然破戒開喝，「**多時不飲今辭醉，一笑相歡古罕逢**」[10]，他好久沒有喝酒了，重陽節這時間是難得的歡暢日子，他一定要不醉不歸！

由此看來，要楊萬里戒酒非常不容易，而他也長年為此深深煩惱著。

宋代就有的斷酒藥方

多次請教醫家的楊萬里，若想踏踏實實地戒酒，就要先完成他自己提到的「**止酒先立約**」，將規則寫出來，此外，我們也可以試著幫他找找看有什麼方法停酒。既然楊萬里希望「**料病如料敵，用藥如中的**」[11]，要料得先機、對症下藥，那麼我們不妨翻閱當時就有的醫書，裡面一定有他想要的方法。

酒五升、朱砂半兩細研，上二味，都盛於瓶中。密塞瓶口，安在豬圈中，任豬搖動，經七日取之，飲盡為度。（《太平聖惠方》）

這是北宋醫書《太平聖惠方》裡〈斷酒諸方〉的其中一種方法，把酒瓶放在豬圈中，讓豬搖晃七天後再喝，號稱可以戒酒，不知道南宋時的楊萬里是不是曾經聽說過。《太平聖惠方》蒐集了許多宋代之前的醫藥方書與民間藥方，這篇〈斷酒諸方〉則來自唐代王燾的《外臺祕要》，其中有「斷酒方一十五首」，下面節選幾首給大家參考：

大蟲屎中骨，燒末，和酒與飲。

驢駒衣，燒灰，酒服之。

自死蠐螬（筆者註：音旗曹，金龜子幼蟲），乾，搗末，和酒與飲，永世聞酒名即嘔吐，神驗。

酒客吐中肉七枚，陰乾，燒灰服之。

> 酒漬汗鞋一宿，旦空腹與飲即吐，不喜見酒。

「斷酒方一十五首」的開頭註明了「《千金》斷酒方」，表示是參考自《千金》這本書，這裡的《千金》指的就是《備急千金要方》，作者是唐代的醫家孫思邈，而這些斷酒方法，應該就是他四處蒐集來的。十五首中記錄了各種新奇的作法，甚至會從動物身上取得珍貴素材，有把死蟲、水鳥糞便燒成灰泡酒的；有把驢的胎盤、狗的乳汁、馬腦、馬汗拿來加酒服用的；有把髒鞋放在酒中泡一晚後飲用的；其中最難以想像的，是請喝酒的人把口中的肉吐出來，只要得到七塊這樣的肉，把它們陰乾、燒成灰，再請人喝下，就可以斷酒。

不知道楊萬里若是看到當時的醫書會不會嘗試呢？若真能成功斷酒，那就如他所願了！但過程中會有什麼樣的感覺？是有點不舒服、怪怪的？或甚至有點噁心？

嫌惡療法（aversive therapy）

為了減少或戒除某一種目標行為，於是使其與某種不愉快（甚至是懲罰）的刺激結合起來，透過這樣的條件作用，達到減少或戒除目標行為的治療法。大家可能都有過這樣的經驗：要戒掉一項習慣（如工作遲到），若是讓它伴隨一個不舒服的結果（扣薪水），一陣子後，這個習慣連結到這個不舒服的結果（薪水因為遲到而變少），自己為了避免，便會停止這項壞習慣（下次就盡量不遲到）。

而這種噁心感，如果是喝了前面那些「加味」酒之後才有的，那麼下次再看到酒的時候，是不是也會自然而然出現一樣的噁心感呢？

我們無從得知這些藥方的效用究竟如何，常看醫生的楊萬里，不知道有沒有機會問問他的醫師？然而反覆推敲，這樣的不舒服感，幾乎貫穿了每一條斷酒方，可以說是斷酒方的必要條件，若從「行為治療」來看，就像是嫌惡療法。也就是說，把死蟲水鳥的糞便燒成灰泡在酒中喝下，讓人噁心、想吐、反感，下次就不會想再喝酒了。

不過，事情並不盡如人意，若是療法有效，一招應當就夠了，為什麼需要十五招？一方面是讓每個人反感、不舒服的「罩門」不同，各種療法效果因人而異；另一方面，也可能是這類斷酒的療法整體效果不彰，一招沒用再試一招，但都無法有明顯的幫助。

有什麼藥方可以救我？——楊萬里代大家問了重要問題

從呑月、醉吟，到無聊、發懶，還有多次止酒、甚至立約，楊萬里說不出來的煩惱，是他不斷感受到酒精的負面影響，也試圖好好面對戒酒的挑戰。楊萬里希望有藥物能治療自己、不讓自己繼續喝酒，但不知道他是否聽過當時醫書上記載的斷酒藥方？若他生活在現今的臺灣社會，這類難以停酒的困擾，會有多種不同的戒酒療法可以嘗試，他期待著藥物提供幫助，探問：「平生只坐懶，何藥療嵇康？」[12]什麼藥可以治療他楊萬里呢？若真的有藥物，再搭配他下定決心時承諾的「約定」，相信戒酒機率會大幅增加！

●●●● 參考資料

Heilig M, Goldman D, Berrettini W, O'Brien CP. Pharmacogenetic approaches to the treatment of alcohol addiction. *Nat Rev Neurosci*, 2011 Oct 20;12(11):670-84.

Volpicelli JR, Watson NT, King AC, Sherman CE, O'Brien CP. Effect of naltrexone on alcohol "high" in alcoholics. *Am J Psychiatry*, 1995 Apr;152(4):613-5.

De Witte P, Littleton J, Parot P, Koob G. Neuroprotective and abstinence-promoting effects of acamprosate: elucidating the mechanism of action. *CNS Drugs*, 2005;19(6):517-37.

如何解決楊萬里的戒酒哀怨？

——戒酒藥物簡介

宋代沒有其他斷酒的方法，但若楊萬里生活在現今的臺灣，相信還有許多好法子，這些方法甚至可以相輔相成，而戒酒藥物只是其中的一小部分，另外還有許多「非藥物」的方法可以優先嘗試，例如一同思考可能喝酒的情境、探究面對情緒與壓力的排解方式、怎樣尋求親朋好友一起支持自己等。同時，楊萬里也可以自行觀察，面對戒酒這樣的挑戰，自己處在哪一個階段（頁222）。至於其他常用的治療策略，還有權宜管理模式（contingency management）、十二步驟行為治療等。

若他希望進行藥物治療，則藥物主要分成兩類，第一類是「解酒」（alcohol detoxification）藥物，也就是在飲酒者退酒的時候服用，讓酒精戒斷時的不舒服症狀盡量減少（頁165）；第二類是「戒酒」（alcohol abstinence）藥物，目標則是希望讓飲酒者長期戒酒。

戒酒藥物中，第一個要介紹的，是同樣以「嫌惡療法」為治療基礎的藥物，名為二硫龍（俗稱「戒酒錠」），這是美國於一九五一年許可的上市藥物，也是第一個核准用於治療酒精使用疾患的藥物，目前在臺灣則以專案進口的方式使用。

服用二硫龍之後，若未攝取任何酒精，將不會有任何異狀，但服用此藥大約五天之後，若再接觸到酒精（包含飲酒、飲用藥酒或烹飪中的酒精成分），將會出現噁心、嘔吐、頭痛、暈眩、臉紅甚至心悸（心跳加速）等生理上的不舒服反應，這是因為二硫龍阻斷了酒精代謝物「乙醛」變成「乙酸」的步驟，造成乙醛累積，導致這些不舒服的生理症狀（頁59）。如此一來，引發了對酒精的嫌惡感、甚至是畏懼感，進而達到讓飲酒者停止碰酒的效果。若一不小心就重新開喝，相對危險性也較高，嚴重時的反應可能包含意識不清，甚且危及生命。

拿淬松則是另一個選擇，這不算是「嫌惡療法」，也不會有上述藥物合併酒精使用後的不舒服，主要的效果在於降低飲酒獲得的欣快感、減少喝酒渴望（anti-craving effects），同時可以減弱心理或環境誘發因子的影響（cue-induced reinforcement）而降低復發，整體來看，能減少飲酒衝動，增長停酒時間。拿淬松於一九九四年開始用在酒癮治療，二〇〇六年甚至被製成一個月施打一次的長效肌肉針劑，但目前國內尚無此劑型。目前在臺灣，口服拿淬松已於二〇二一年通過衛生福利部食品藥物管理署之核准，取得藥物許可證。

第三種藥物叫作阿坎酸，主要作用也是加強維持戒酒的狀態，可以減少停酒後的不舒服感，避免因為不舒服又去喝酒，是所謂減少停酒後的負向強化或迴饋（blocks negative reinforcement）作用。另外，阿坎酸能幫助個案維持停酒的狀態（abstinence-promoting effects），也具有神經保護的作用，整體來看，能減少未來喝酒的頻率。阿坎酸在二〇〇四年獲得美國許可用於戒酒治療，目前在臺灣為專案進口藥物，正在評估是否核准上市。

（本篇特別感謝黃名琪醫師的臨床研究與勘誤。）

戒酒藥物簡介

中文名稱	成分學名	作用機轉	作用
二硫龍、雙硫崙	disulfiram	阻斷酒精代謝步驟，抑制乙醛去氫酶功用，使乙醛累積。	若同時飲酒，對酒精會產生嫌惡反應。
拿淬松、納曲酮	naltrexone	鴉片類受體拮抗劑，能抑制飲酒後產生的內生性嗎啡。	1. 降低飲酒獲得的快感。 2. 減少對酒精的渴望感。
阿坎酸	acamprosate	調節麩胺酸與 GABA 神經傳遞系統，讓神經過度興奮或抑制的失衡狀態恢復。	1. 減少停酒後的不舒服感。 2. 促進較長的停酒狀態。

尾聲

沒想到大家都學我

——陶淵明帶大家一起對酒宣戰！

本書的最後，我們將一起回到東晉時期。可以說是「戒酒」始祖的陶淵明，怎麼用詩形容他的戒酒狀態？唐宋文學家看到陶淵明的詩後也紛紛唱和，他們的相似之處在哪裡？而在戒酒與復飲之間，大家又是如何持續奮鬥？從飲酒影響到戒酒挑戰，其實都具有跨時代的共通性。

性嗜酒，家貧，不能常得。親舊知其如此，或置酒而招之，造飲輒盡，期在必醉，既醉而退，曾不吝情去留。（〈五柳先生傳〉）

這篇〈五柳先生傳〉是中學課本必選的文章，大家一定不陌生，陶淵明提到他去朋友家喝酒，就必定要喝到醉，喝醉後便離開，隨意就好，也不用管誰的臉色，如此自由自在、任真自得，令人欣羡。在本書的最後，就要帶大家越過唐宋，回到東晉時代，介紹這位飲酒大老！

五斗米怎麼來的？為什麼惹到了陶淵明？

陶淵明好酒，古今皆知，下面這件事蹟尤其為人嘖嘖稱道。

陶淵明在約四十歲時當上彭澤縣令，下令縣內的公田全部改種高粱（高粱可以釀酒，這樣他就不愁沒酒了），然而他的妻子堅決反對，陶淵明只好勉強將小部分的土地改種稻米。有了這個前情提要，才有之後長官來到彭澤縣視察，當他差人要陶淵明穿上官服去見他時，陶淵明覺得不被尊重，一氣之下，便說出了這句：「**吾不能為五斗米折腰，拳拳事鄉里小人邪！**」他才不要為了這微薄的五斗米薪水彎腰行禮，畢恭畢敬地事奉這些小人。於是他就辭官了，永遠告別官場，還寫下有名的〈歸去來兮〉[1]。

這是《晉書》中的記載，但爬梳上下文，大家有沒有發現，長官視察、陶淵明不想矯揉造作是辭官近因；而辭官的遠因，會不會就是他的這「五斗」祕辛？他不能全種高粱釀酒，還被妻子碎念，聽話後將其中一小部分改種稻米，卻僅收成五斗，連生活開銷都幾乎不夠……明明他只是為了糊口酒喝，卻要違背自己喜愛自然的天性，做官後什麼都不順，乾脆辭職！陶淵明共當了八十多天的彭澤縣令，就發現和自己志趣不合，但換另一個角度想，若是他繼續當下去，下令百姓多種、甚至全種高粱而不是稻米，雖然滿足了他的願望，但會不會釀成什麼可怕的災禍？

四十歲退隱躬耕的陶淵明，無官一身輕，「**復得返自然**」[2]，找回了自己的本性，十多年的歸隱生活後，他寫下了著名的〈飲酒〉詩，其中第五首「**採菊東籬下，悠然見南山**」，更是人人朗朗上口的名句。他在〈飲酒〉詩序中提到詩句的由來：「**偶有名酒，無夕不飲。顧影獨盡，忽焉復醉。既醉之後，輒題數句自娛。**」酒後寫上幾句詞句自娛自樂的陶淵明，成為了後世詩畫中永恆的形象。

而這樣愛酒的陶淵明，竟然也寫過戒酒詩，標題就叫〈止酒〉——這當中到底發生了什麼事？

陶淵明戒酒時描繪的經典樣態

〈止酒〉這首詩實在太寫實也太有趣了，顧名思義，就是要分享他停酒時的狀態，整首詩可分成三部分，讓我們一段一段來欣賞：

居止次城邑，逍遙自閒止。坐止高蔭下，步止蓽門裡。好味止園葵，大歡止稚子。

我住在城市近郊，日子過得逍遙自在、悠閒自由。我的生活範圍不大，自己也容易滿足。我只坐在那大樹的濃蔭下，散步也只在家門裡頭，菜園中的葵菜就是我的美味佳餚，而生平的快樂，沒有什麼比得上和孩子們一同相處了。

這一段是開頭，似乎與飲酒無關，他講退隱後的閒居之樂，目的是要鮮明對比之後的止酒痛苦。

平生不止酒，止酒情無喜。暮止不安寢，晨止不能起。日日欲止之，營衛止不理。徒知止不樂，未知止利己。

我平生就喜歡喝酒，因此從來無法戒酒，因為一旦戒了酒，我就感受不到快樂。戒酒時，晚上無法好好入眠，白天也難以起床。我天天都想要戒酒，但是戒酒後整個人的身心狀況都不順。我只知道戒了酒會不快樂，卻不知道戒酒後對自己有什麼好處。

第二大段清楚地提到戒酒的難處與痛苦。讀了之後，讓人不禁佩服陶淵明不愧是陶淵明，你也太誠實了吧！而詩中的第三大段，他終於願意向前，決心要好好戒酒：

始覺止為善，今朝真止矣。從此一止去，將止扶桑涘。清顏止宿容，奚止千萬祀？

我開始覺得停酒是一件好事，到了今天才真正把酒戒掉。希望從此以後一直這樣維持下去，我將停在扶桑樹生長的水邊（之後就可以到達神仙所住的地方）。戒酒之後，我清秀的容貌將停留在年輕的模樣，維持上千年、上萬年。

這是多麼神奇，多麼美好！陶淵明不是在讚頌「飲酒」，而是在宣傳「戒酒」之效，用四個字形容，就是「神清氣爽」！

下面就來看看陶淵明所代表的長期飲酒者的第一手感覺，正好做個總複習。

首先，他說停止喝酒後會感受不到快樂。這是因為長期飲酒導致多巴胺的分泌量比平常人少了許多，多巴胺負責調節情緒與慾望，當分泌一減少，對外在的刺激就跟著減少，因此較為「無感」，這就是陶淵明所謂的「情無喜」（頁87）。

再來，長期飲酒者停止喝酒時會有「酒精戒斷症狀」，包含心跳加速、血壓上升、容易煩躁、失眠等表現，這就如同陶淵明提到的「暮止不安寢，晨止不能起」，從清晨到深夜，他整個生活作息都受戒斷症狀影響了（頁165）。

陶淵明接著表示，他天天想要戒酒，但戒酒時整個人都不順。若是從成癮醫學的角度來看的話，因為長期飲酒，腦部受傷了，受傷的地方影響了長期飲酒者的衝動控制（impulsivity）、自我調節能力（self-regulation）和決策能力（decision making）（頁74、113），腦部受傷後，還要回頭用大腦負責的「控制力」來強迫自己停止喝酒，是比一般人更難的，無怪乎陶淵明在無人幫助下，想戒酒也無法達成目標。

之後，他當然還是開喝了，而且大喝特喝。「天運苟如此，且進杯中物。」[3]雖然這首〈責子〉是幽默地責怪兒子們不長進、不好學，但最後陶淵明也只能歸咎於天命，嘆了一聲「這就是命啊！」這樣一想，他便又多喝了幾杯！

無論酒精如何影響陶淵明，唐宋後世這些「長進」的文人看到他的〈止酒〉詩後，仍舊紛紛效法。

戒酒路上隨處可見的文人眾生相

陶淵明這首詩對宋代文學家的影響很大，其中最有名的便是蘇軾、蘇轍兄弟倆的和陶詩。他們倆（主要是蘇軾）崇拜到陶淵明這首詩的句末韻腳用什麼字，他們就跟著用一模一樣的字！

蘇軾的這首〈和陶止酒〉寫道：「微痾坐杯酌，止酒則瘳矣。」提及自己身體微恙是因為一杯一杯地飲酒，當酒戒掉，病也就好了；而蘇轍的〈次韻子瞻和陶公止酒〉則提到：「自言衰病根，恐在酒杯裡。」自己生病的緣由，恐怕就出在喝酒這件事上啊。因為如此，兄弟倆在人生低潮與身體病痛之中，想到了陶淵明，也效法他要止酒。

在蘇軾與蘇轍的和詩之前，有梅堯臣的〈擬陶潛止酒〉，開頭便是「多病願止酒，不止病不已。」在他們之後，有南宋陳與義的〈諸公和淵明止酒詩因同賦〉，詩的開頭「愛河漂一世，既溺不能止。」也是著眼於停不下酒，而陸游則是昭告大家自己會「時誦止酒詩」[4]，宋代文學家前仆後繼地效法陶淵明，一部分當然有政治失意時的退隱生活想像，另一部分則是各樣大小病症正困擾著他們。這些文人戒酒，是期待身體病痛好轉，但每個人持續戒酒的時間不同，身體恢復情形當然也不一樣。

此外，宋代還有許多文學家宣告戒酒，陳起在〈止酒示圭〉中告訴朋友「一病杯中物致危」，就是酒讓我們生病的；王大受則在〈以疾止酒〉中提到自己戒酒時：「已於萬事都無念，只向三杯亦有魔。」什麼事情都已無欲無求，但看到酒杯還是會有心魔、會想喝；張耒向朋友分享了自己的戒酒祕方：「止酒正似塞決河，厚積薪芻傅砂礫。堅牢不使見蟻漏，一線才通便奔激。」[5] 戒酒就像是防堵河道，小小的螞蟻洞都不能有，要是一有隙縫，就會釀成潰堤大災。

不同人物在不同的戒酒狀態中奮鬥著，也維持了或長或短的時間，可以說，這些文人展現了辛苦戒酒的一面，透過詩詞，他們呈現出了跨時代的戒酒眾生相。

戒酒與復飲間來回的奮鬥

眾文學家的戒酒行動是否能維持呢？或是最終放棄了？接著我們要繼續感受他們的掙扎與奮鬥，先來聽聽北宋黃庭堅的心聲：

> 斷送一生惟有，破除萬事無過。遠山橫黛蘸秋波，不飲旁人笑我。花病等閒瘦弱，春愁沒處遮攔。杯行到手莫留殘。不道月斜人散。（〈西江月〉）

這首詞的開頭兩句最特別，有點沒頭沒尾，斷送一生「惟有」的是什麼？而破除萬事「無過」的又是什麼？黃庭堅是要人猜燈謎嗎？

其實答案就是「酒」。黃庭堅要說的是：「斷送了我這一生的是『酒』，幫我解決各種惱人事情的，也沒有比『酒』更好的了。」這兩句其實引自韓愈的詩[6]，但綜觀整首詞，黃庭堅連「酒」字都不寫，不知道是「不敢」或是「不想」寫，但光是這兩句，我們就能猜想他對酒精有多矛盾。他在序中寫道：「**老夫既戒酒不飲，遇宴集，獨醒其旁，坐客欲得小詞，援筆為賦。**」旁邊的人都喝，自己不喝，才可以在一旁納涼寫詞。前半首詞在這句收尾，「**不飲旁人笑我**」，如同黃庭堅所說，連歌女都拿他不喝酒來開玩笑。再看後半首，當黃庭堅看見春花凋謝、感到春愁難遣時，酒杯都送到手上了，他能不喝嗎？答案是「**莫留殘**」，把酒飲盡吧，別留著了。月斜人散後，還有什麼能相聚喝酒的機會呢？

黃庭堅在這裡寫的是戒酒後重新喝酒的狀態，他在詞中連「酒」字都避掉，別人嘲笑他，他也閃過了，但幾次下來，表面上說的是逃不開眼前的酒杯（頁187），但更深處，黃庭堅還是躲不掉友人分別與心中低落的情緒。這是一個矛盾的時刻，不只北宋黃庭堅有過，南宋劉克莊也曾歷經掙扎，我們來看看劉克莊的詩作：

久罷長鯨吸，寧逃鼴鼠嘲。不蒙藥王力，誤絕麴生交……（〈余自戊申春得疾止酒

十年，戊午秋開戒小飲二首〉之一）

我沒能像鯨魚吸水般豪飲，酒量少到寧願被小鼴鼠嘲笑也沒關係；生病後服用藥物對我來說沒什麼用，我當時以為是酒造成的，才不小心弄錯與酒絕交、不再喝酒。

黃庭堅在詞序僅寫上「戒酒不飲」，詞中才說自己勉為其難地喝酒，而劉克莊不像黃庭堅那麼迂迴，他豪爽直接，詩題就說他戒酒十年後，要「開戒小飲」了！值得玩味的是，他前面兩句才寫了十年來的戒酒努力，聽起來戒酒戒得豪情萬丈，但第三、四句就破功，澄清是誤會一場，劉克莊解釋，都是因為誤解，他才會與酒絕交。

劉克莊似乎否定了過去的戒酒作為，覺得自己白費努力，現在要與酒重歸舊好。他雖然提到了喝酒的好處，但同時我們也感受到他對酒精的掙扎，而這樣的掙扎，一走就走了十年。

劉克莊的掙扎與黃庭堅的矛盾是一模一樣的，裡頭有更多心理狀態需要去理解。而這些掙扎與矛盾，早在陶淵明的〈止酒〉詩中，就已經清楚提及了。陶淵明要克服「不喝酒就會不快樂」的思考連結，還有戒酒帶來的身心戒斷症狀；黃庭堅想喝酒又擔心一寫出「酒」字就破戒；還有諸位文人因為生病而戒飲卻又心心念念著酒，這樣複雜的感覺，在不同的時空中不斷出現，可以說是跨時代共同面對的難題。

戒酒大老陶淵明的開示——酒癮是慢性疾病，戒酒是長期挑戰！

劉克莊戒酒十年，算是白做工嗎？黃庭堅重新喝了酒，是不是就代表戒酒失敗？若是陶淵明戒了一段時間的酒，之後又開喝，那這些時間又算什麼？不過是浪費心力嗎？

若從成癮科學來看，我們會說，這僅僅只是人們還沒有達成穩定的戒酒狀態，戒酒這件事沒有所謂成功或失敗，更難以去評斷，因為戒酒是一項長期的挑戰。

現今的疾病思考概念，是把酒精使用障礙症當作一種需要長期控制的慢性疾病（頁151），若無穩定控制，疾病可能會復發，且相關併發症的風險就會增加。這樣的慢性疾病就如同糖尿病、高血壓，若是沒有規則作息或定時服用藥物控制，血糖、血壓就會控制不住，相關的併發症如腦中風、心血管疾病的風險就會增高。

酒精使用障礙症也是這樣的慢性疾病，只是剛好這個慢性疾病來自於腦部，腦部又正好負責一切思考、情緒、決策等工作。相對於其他慢性疾病，當腦部失常，或說腦部的理智中心被綁架了，要維持情緒穩定、減少衝動行為、自我控制不喝酒，甚至要承認這是一種疾病而自己失常了，都是不容易的事，也都非常具有挑戰性。至於復飲——重新開喝，表面上看起來又回到了原點，一切似乎得重頭開始，但若是讀完本書，你將會逐漸理解，雖然復飲，但只要把握機會，這會是一次繼續前進的機會，且是往終點邁進時必經的過程之一。也就是說，復飲並不一定代表失敗，反而可以趁這時候，再次觀察自己的復飲危險情境是什麼，哪些內外在暗示要避免、如何避免，怎麼轉移注意力等（頁185）。

若有機會，不妨邀請親友一起協助，試著討論有沒有替代方案（頁207），評估現在的戒酒動機與行為在哪一個時期（頁222），或是適不適合戒酒相關藥物（頁236），只要把這次的復飲當作調整自己戒酒步調的機會，相信在這條戒酒之路上仍舊會繼續前進。

戒酒是一項看似周而復始、實則會逐漸逼近終點的長期挑戰，若將酒癮作為慢性疾病來面對，戒酒不僅關乎個人的恆心與毅力，也端看你如何運用這些科學知識與相關資源。

戒酒階段分期

戒酒是看似周而復始、
實則會逐漸逼近終點的長期挑戰。

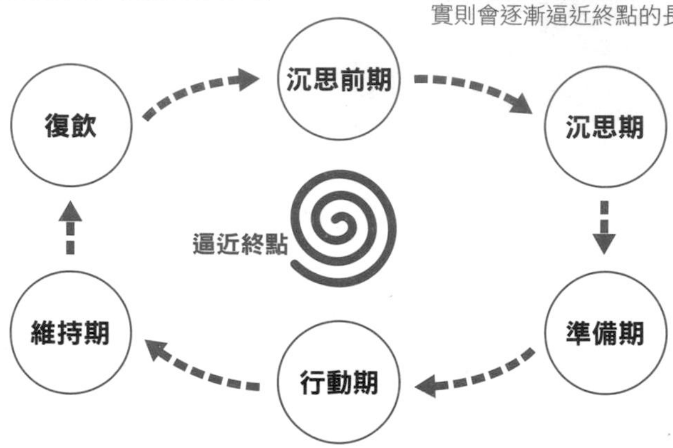

分期	個人表現	建議方向
沉思前期	飲酒者不認為自己有酒精與可能成癮的問題。	與飲酒者一同提出關於酒精的疑問，發現酒精可能的影響與面對喝酒的矛盾。
沉思期	飲酒者開始面對飲酒與成癮問題，但對於是否改變，心中仍然存有矛盾。	擴大飲酒者心中的矛盾，一同分析飲酒與戒酒各別的利弊得失，多角度思考改變後的好處。
準備期／決定期	飲酒者開始有一些戒酒的想法與行動，但是態度仍然較為搖擺。	陪飲酒者一起制定具體的戒酒計畫，包含面對戒斷症狀的準備、如何防範較可能飲酒的危險情境。
行動期	飲酒者正在戒酒，邊進行邊調整。	增強飲酒者的信心，定時與飲酒者討論困難之處，並調整本來的戒酒計畫。
維持期	飲酒者持續維持新的戒酒生活，逐漸熟悉並習慣這樣的模式。	與飲酒者討論可能復飲的時間點與內外在暗示，面對與因應可能產生的情緒與壓力。
復飲	飲酒者重新開始喝酒。	與飲酒者討論復飲原因，若重新開始，可以如何避開這些原因。

特輯・將禁酒

——古人也酒駕！文學家的酒駕排行榜前五名

不只現代人會酒駕，歷史上也有各種酒駕的故事，展讀古人的詩詞時，只要戴上成癮科學的「有色鏡片」，就會發現很多行為都算是「酒駕」！因此我們要來列一個特別的「酒駕排行榜」，一同看看誰上榜了？上榜的理由又是什麼？在臺灣，你一定聽過「酒後不開車，開車不喝酒」，這句標語背後的成癮科學是什麼？喝酒為什麼會影響駕駛、又是怎麼影響？臺灣社會現在怎麼看待酒駕，而相關法規又是什麼？下面就一起戴上有色鏡片瞧瞧吧！

第五名——騎馬追星的劉禹錫

寂寂獨看金燼落，紛紛只見玉山頹。自羞不是高陽侶，一夜星星騎馬回。（〈揚州春夜，李端公益、張侍御登、段侍御平路、密縣李少府暘、祕書張正字復元、同會於水館，對酒聯句，追刻燭擊銅鉢故事，遲輒舉觥以飲之，逮夜艾羣公沾醉，紛然就枕，余偶獨醒，因題詩於段君枕上，以志其事〉）

我靜靜地看著眼前蠟燭將要燒盡，而大家一個接著一個醉倒。我的酒量不如你們那麼好，現在無法陪喝，實在感到羞愧，不如你們喝你們的吧，我要獨自騎馬回家，滿天的星斗會陪著我一同歸去。

劉禹錫和幾位朋友聚

超乎想像的臺灣酒駕與取締數量

一般對酒駕的定義是「在酒精、酒類飲品的影響下，控制並駕駛機動車輛（有時也包含單車、具發動機之機械以及騎馬）」。也就是說，只要體內還存有酒精，開車上路就算是酒駕。而酒駕在現今社會絕對是違法的行為，可能觸犯《道路交通管理處罰條例》或《刑法》。

劉禹錫的情況正是最常不小心酒駕的時機——「朋友聚會」後。讓我們想想，若是在臺灣，有可能是在居酒屋、熱炒店，或薑母鴨、羊肉爐等常見加酒料理的餐廳裡，一群好友開心相聚，就會有人主動起頭，一手一手地叫酒，一杯一杯地乾杯，甚至一桌一桌地敬酒，酒酣耳熱後，原先大家是怎麼來到聚會場合的，便容易被忽略。

坐車來的坐車回家，開車來的開車回家，一切似乎安排有序。然而，體內酒精濃度達到一定的量，身體與精神就都會受到酒精的影響，這時又開車上路，就成了酒駕！若劉禹錫身在今日臺灣社會，警察一臨檢將他攔下，酒測值（吐氣酒精濃度）要是超標將依法取締，那他可就麻煩大了。

說到取締酒駕，大家可以猜猜臺灣 2300 萬人當中，一年酒駕的違規取締件數有多少？ 1 千、1 萬或是 5 萬件？答案是 10 萬件，數字非常高！在各方的努力之下，2019 年才終於降低到 10 萬件，2020 年則減少到 8 萬件。其中，2/3 是機車違規，剩下的 1/3 是汽車違規，而酒駕肇事時段主要在下午 4 點到半夜 12 點，也就是入夜之後。然而，需要特別注意的是，沒有被取締到的酒駕件數一定更多，可能是取締件數的好幾倍！

在一起，比賽限時作詩，超過時間就要罰酒。計時的方式則是以蠟燭燒盡時，大家「共叩銅缽」作為停筆的時間點，因此又叫作「擊缽詩」。

由此觀察，雖然劉禹錫在詩中沒提到自己喝酒，但以這樣的聚會場合看來，不可能不喝。如同詩題提到的，若是罰酒，常常一不注意就喝到自己的酒量臨界值。到了半夜，劉禹錫的朋友醉倒的醉倒、睡著的睡著，他可能詩寫得快一些，被罰的酒也少些，自認還清醒，所以寫完這首詩，就偷偷騎馬回家了——大家看看，這就是酒駕啊！

第四名——睡在井底的賀知章

> 知章騎馬似乘船，眼花落井水底眠。（〈飲中八仙歌〉）

吐氣酒精濃度（Breath alcohol concentration, BrAC）

血液酒精濃度（Blood Alcohol Concentration, BAC）

吐氣酒精濃度為酒測時採用的方式，透過呼氣式酒精偵測法測量。每 1 公升的吐氣中，含有 1 毫克的酒精為 1 mg/L。《刑法》條文提到「吐氣所含酒精濃度達每公升 0.25 毫克」，則表示每公升的吐氣中含有 0.25 毫克的酒精。

血液酒精濃度則需經過抽血才可取得。每 100 毫升的血液中含 1 克的酒精為 1g/dl，常用百分比（%）表示。舉例而言，《刑法》條文提到「血液中酒精濃度達 0.05%」，表示每 100 毫升的血液中含有 0.05 克的酒精。

目前公認的吐氣酒精濃度與血液酒精濃度的比值為 1：2000，兩者可互相換算。

杜甫的詩中寫道，賀知章醉後騎馬，騎得東倒西歪如同開船一樣晃，還一時眼花往井邊晃了過去，結果不小心掉進井裡，竟然就在井底睡著了。

晚年的賀知章善飲是當代有名的，他身旁個個都是酒量大的名人，李白是他換帖的喝酒兄弟，兩人瀟灑的金龜換酒軼事現仍流傳著，而杜甫竟然還巴結他，尊稱他一聲酒仙，在〈飲中八仙歌〉詩中將他排在第一位。

若杜甫的詩屬實，那賀知章的命算是撿回來了。畢竟酒駕而自撞的他不知是撞暈了或是太

複雜的酒精濃度與法令規範

人體內一旦酒精濃度超標，就可能會不省人事，賀知章的「眠」或許正是因為這樣。雖然每個人體質不同，但大部分的人若是吐氣酒精濃度達到每公升 0.75 毫克以上，就可能有嗜睡表現，若是達到每公升 1.5 毫克以上，則可能陷入昏迷狀態。

一個人在昏迷狀態下，對於外在的聲音刺激、疼痛刺激都不會反應，也就是捏也捏不痛、叫也叫不醒，不管是不是在開車，這都會波及生命安全。

然而，臺灣酒駕法規訂定的標準，與上述提到導致昏迷的酒測值相比嚴格了許多。現行的酒駕規定是，若吐氣酒精濃度達到每公升 0.15 至 0.24 毫克之間，會依法進行罰鍰、移置保管車輛與吊扣駕駛執照；若是吐氣酒精濃度達到每公升 0.25 毫克以上，依照《刑法》之公共危險罪，則可能要面臨罰金、有期徒刑與沒收車輛。

可能有人會覺得為什麼要訂得如此嚴格？明明酒測值 0.75 以上才有嗜睡表現，為何到 0.15、0.25 就有相關罰則？根據統計指出，酒測值若達到 0.15，駕駛肇事的機率會是一般駕駛肇事的 1.2 倍，而酒測值若達到 0.25，肇事的機率更是一般駕駛的 2 倍。可能是因為駕駛在酒精的影響下，對速度、距離的判斷都會變差，即時反應也會變得遲鈍，因此，若將酒駕與肇事的因果關係連結在一起，法規自然會嚴格許多。

回到賀知章，他已經醉到不省人事還騎著馬，酒精濃度肯定不低，若他身處現今的臺灣，除了要被罰錢外，他的車——不對，他可憐的馬或許也要被「移置保管」了。

酒精濃度與法令規範

吐氣酒精濃度（mg/L）	0.15mg/L 以上	0.25 mg/L 以上
血液酒精濃度（%）	0.03% 以上	0.05% 以上
適用法令	《道路交通管理處罰條例》（第 35 條） 《道路交通安全規則》（第 114 條）	《刑法》（第 185 條之 3），俗稱酒駕公共危險罪
類型	行政罰	刑事罰（優先處論）
酒駕初犯	1. 罰鍰 汽車：3 萬至 12 萬元； 機車：1.5 萬至 9 萬元 2. 吊扣駕照：1 年至 2 年；若載未滿 12 歲兒童、肇事致人受傷或死亡，加重處罰。	1. 罰金 科 30 萬元以下罰金；致人死亡：科 200 萬元以下罰金；致人重傷：科 100 萬元以下罰金。 2. 徒刑 處 3 年以下有期徒刑；致人死亡：處 3 年至 10 年有期徒刑；致人重傷：處 1 年至 7 年有期徒刑。
酒駕再犯	10 年內再犯，罰鍰提高 1. 罰鍰 第 2 次：汽車為 12 萬元；機車為 9 萬元；第 3 次以上，罰鍰依前次處罰金額加罰 9 萬元。 2. 吊銷駕照，3 年內不得考領。若致人重傷或死亡，吊銷駕照且不得再考領，並沒入車輛。	10 年內再犯，肇事刑度提高 1. 罰金 科 30 萬元以下罰金；致人死亡：科 300 萬元以下罰金；致人重傷：科 200 萬元以下罰金。 2. 徒刑 處 2 年以下有期徒刑；致人死亡：處 5 年以上有期徒刑至無期徒刑；致人重傷：處 3 年至 10 年有期徒刑。
一併處罰	1. 當場移置保管汽機車 2. 強制參加道路交通安全講習 3. 重新考照：酒駕防制教育、酒癮治療、酒精鎖 4. 同車乘客連坐處罰 5. 針對 10 年內第二次累犯，公路主管機關得公布再犯者姓名、照片及違法事實。	

依據 2022 年 1 月 24 日通過修正之《道路交通管理處罰條例》與《刑法》部分條文。

醉了，掉到井裡竟然不感疼痛，井水冰涼的刺激也沒有讓他醒來，若是時間再拉長一點，性命安全實在堪憂。

第三名——落馬受傷的杜甫

> 甫也諸侯老賓客，罷酒酣歌拓金戟。騎馬忽憶少年時，散蹄迸落瞿塘石。……向來皓首驚萬人。自倚紅顏能騎射。……不虞一蹶終損傷，人生快意多所辱。職當憂戚伏衾枕，況乃遲暮加煩促。明知來問腆我顏，杖藜強起依僮僕。語盡還成開口笑，……何必走馬來為問，君不見嵇康養生遭殺戮。（〈醉為馬墜，諸公攜酒相看〉）

詩的前半段，杜甫喝酒唱歌，高舉武器作樂。他回憶起年輕時在馬上縱橫馳騁，真是意氣風發！現在就算白髮蒼蒼，但仗著酒後的紅潤臉色，肯定也還辦得到！但不幸地，悲劇發生了，一不注意，杜甫從馬背上跌了下來，這該有多麼挫折啊——特別是在他得意洋洋的時候。

回家後，杜甫憂心忡忡地躺在床上，想到年紀已大，他更苦悶煩躁。而這些好朋友知道他受了傷，還（帶著酒）來探病。雖說是探病，但當杜甫把來龍去脈描述一番之後，大家

酒精濃度稍增加、駕駛表現大減低

杜甫的情況是，就算體內酒精濃度不是非常高，酒駕也存在著其他危險。酒精會嚴重影響大腦的功能，酒測值若在每公升 0.15 到 0.24 毫克之間，就很可能失去判斷力、降低控制力與影響感覺的接收。

失去判斷力，指的是對周遭環境和車況變得缺乏警覺，且對相對速度及距離的判斷力變差，因此，無論是保持距離、是否煞車與轉彎的判斷力都會減弱；降低控制力則反映在加速與煞車之際，當下是否超車、是否煞車等待紅綠燈、警察攔檢是否拒絕，在控制力減弱之下，駕駛會做出與平時不同的舉動。

影響感覺的接收則包含身體平衡的協調能力減弱，與視聽覺的靈敏度下降。醉酒的人走起路來東倒西歪，若是騎機車，則容易摔車滑倒，開車更可能因為視聽覺的靈敏度下降、空間感覺改變，與方向盤的掌握度不佳，導致車禍的可能性增加。

因此杜甫的「一不注意」，不外乎就是判斷力、控制力和接收感覺的能力受酒精影響的結果啊。

酒精濃度與駕駛表現之關係

吐氣酒精濃度（mg/L）	血液酒精濃度（%）	對駕駛能力之可能影響	肇事率
0.15 以下	0.03 以下	與未飲酒相比無明顯影響	1 倍
0.15	0.03	對速度與距離的判斷力變差、平衡感下降、視聽覺的靈敏度下降	1.2 倍
0.25	0.05	駕駛能力變差、對外在刺激反應變慢	2 倍
0.75	0.15	判斷力嚴重影響、神智恍惚、視線模糊	25 倍
2.5	0.5	爛醉、昏迷	>50 倍

竟然都笑成一團！無奈的杜甫最後也只能自嘲：「看看人家嵇康好端端地在家，還不是被人殺害了啊。」

杜甫除了記錄賀知章醉後的誇張行為外，自己竟也不遑多讓。賀知章因酒駕而落井，他也因酒駕不小心落馬受傷。特別的是，杜甫的好朋友（酒友）們聽說他受傷躺在床上，竟然「攜酒相看」，還在他面前大吃大喝，以絲竹助興。

杜甫當下心情應該很複雜，無怪乎最後會說「君不見嵇康養生遭殺戮」，我杜甫酒駕雖然危險，但與其在家養生卻惹禍遭害，不如飲酒駕馬，好歹這是自己選擇承擔的啊！

第二名——醉到回不了家的李清照

常記溪亭日暮，沉醉不知歸路。興盡晚回舟，誤入藕花深處。爭渡，爭渡，驚起一灘鷗鷺。（〈如夢令〉）

我時常想起在溪邊的亭臺遊玩，玩到傍晚，喝醉了酒，不知道回家的路在哪。我玩得盡興，天黑時往回划，卻誤划到荷花池的深處。划呀划地，驚動了滿灘的水鳥，鳥兒一時都飛了起來。

找出回家不酒駕的路

一般人若是酒駕初犯，可能要強制參加酒駕違規「道路交通安全講習」，同時吊扣駕照，等到扣留期限到了，才能領回駕照重新駕駛。

不過，李清照若是在現今社會酒駕被抓到，可能更為麻煩，因為她當時未滿 18 歲，很可能根本是無照駕駛。雖然她沒有駕照可被吊扣，但未來還是會被限制考駕照一年，更讓人擔心的是，不只李清照本人要上課，連父親李格非（也就是她的監護人）都要請假陪她去上道安講習，可以想見回家後，她的處境可能不太妙…… 為了預防李清照酒駕自撞，我們可以試著幫她想些方法。

如果回到那時，李清照或許可以問問有沒有朋友沒喝酒，請朋友幫忙駕船回家，或是在溪亭多睡一會兒，酒退後再做打算，可惜她不能直接打電話回去，不然請家人接送也是好主意。

若是在現今，李清照喝完酒要回家，可以搭捷運、公車等大眾交通工具，或是請計程車（船）司機送她回去，隔天再來取船。此外，現今臺灣的大城市都有「代理駕駛服務」，只要一通電話，就會有代駕司機來接送，開她的船、送她回家，李清照原本划槳的雙手正好空出來寫詞，這樣不是一舉數得嗎？

這是李清照的代表詞作，較為可信的寫作時間應是出嫁之前，尚未滿十八歲時的作品。未成年少女李清照所謂的「沉醉」，不知道醉得多深，她玩得盡興，醉得連回去的路都分辨不出來，想駕船回家卻被荷葉絆住了。李清照並非駕車或駕馬，而是駕船——很顯然地，她非但酒駕，還是未成年酒駕。

「誤入藕花深處」算是自撞，還好駕船時一切平安，僅僅撞進了荷花池。詞中「爭渡，爭渡」，似乎突顯了找不到路的著急心情，正當醉酒的李清照邊划船邊思考怎樣才能划出荷塘時，忽然，水鳥被她打擾而撲翅驚飛，不知道她是否因此嚇到而清醒一點，終於找到回家的路？

第一名——酒醉被撿的山簡

山公出何許，往至高陽池。日夕倒載歸，酩酊無所知。時時能騎馬，倒著白接䍦。舉鞭問葛彊：何如并州兒？（《晉書・山濤傳》）

這段歌謠出自於史書《晉書》，《世說新語》[1]也曾收錄，而宋代郭茂倩《樂府詩集》則單把這首歌謠收在雜歌謠辭內，又作〈襄陽童兒歌〉。當時襄陽兒童會哼唱著這首歌謠：「山簡先生要出門，要去哪裡呢？一定是要去高陽池（喝酒）吧！」傍晚時他會被車載回官署，酩酊大醉，什麼也不知道。有時候他還想騎馬，但仍有醉意，竟然把白帽戴反了。他策馬揚鞭、向身旁的隨從葛彊問道：「我和你故鄉并州的遊俠比起來，誰比較厲害呢？」

山濤是有名的「竹林七賢」之一，號稱能喝八斗的酒，而他的兒子山簡也不遑多讓，常去的園池就被他命名為「高陽池」[2]。山簡喝醉後，若不是路倒被撿屍載回，就是衣衫不整、連帽子都戴反，兒童唱著這樣的歌謠，他並不以為意，也不知道有沒有對旁人造成什麼麻煩。難以想像當時的山簡是鎮守襄陽的將軍，就算政權不穩定，他還是終日喝酒，更別說他年輕時勤奮積極、升官快速，還多次上奏皇帝舉薦賢才呢。

讓山簡聞名於世的不是他的功績，而是他的醉態。無論是庾信的〈楊柳歌〉「不如飲

拒絕酒測相關罰則（2019 年酒駕新法）

1. 初犯：處 18 萬元罰鍰；再犯：10 年內第 2 次以上，每次加罰 18 萬。
2. 移置保管汽機車。
3. 吊扣牌照 2 年；吊銷駕照（初犯：3 年內不得考領；再犯：5 年內不得考領）。
4. 強制參加酒駕違規道安講習。

反覆酒駕，情形更複雜！

當山簡酒醉被載回後，因為自覺酒退了，所以短時間內又跑去酒駕（騎馬），其實這在現今社會中也經常看到。主要是因為逐漸退酒時，有些人會自認意識已經恢復，駕駛應該沒有什麼問題而錯估形勢開上路，但由於他們的判斷力、控制力與平衡感當下還沒有全然恢復，這時候貿然駕駛，其實極為危險，肇事機率也隨之增加，更別說這時可能什麼都搞不清楚，面對警察還可能拒絕酒測！

退酒是不是退得乾淨，得根據酒精在體內的代謝速度判斷，一般人的肝臟大約 1 個小時能代謝 10 公克，雖然個人體質和喝酒量也會影響退酒速度，但肝臟負責代謝的酵素就只有那麼多，不會因為喝了 2 倍的酒，代謝速度跟著變成 2 倍。一般建議喝酒後至少半天（12 小時）到一天（24 小時）再開車較安全，也就是說，前一晚飲酒，隔天一早駕駛時可能還沒退乾淨，即使酒精濃度已經降至零，酒精對於腦部仍有影響，可能會有注意力不集中、判斷力較差等表現，此時駕駛仍是危險的。而臺灣酒駕肇事的統計數據中，也發現「隔夜醉」的比例上升，5 位肇事者中會有 1 位，肇事時段在清晨 4 點到中午 12 點。

像山簡這樣反覆酒駕的人，在現今臺灣社會可能會被吊銷駕照。若他想重新駕駛，就必須重新考照，考照前還要完成酒駕防制教育訓練，同時可能也要搭配酒癮治療。而在山簡考照通過後，必須在車（馬）上加裝「酒精鎖」，這是一種可測量酒精濃度且安裝在車上的裝置，吐氣的酒精濃度若是超標就會制止車子啟動，是一種預防性的措施。

在這一年當中，山簡只能駕駛裝置酒精鎖的交通工具。若是知道有這些規定，不知道他能不能在酒駕前多想一下呢？

此外，山簡的身分比較特別，他是當時鎮守襄陽的大將軍，換成現在的身分，可能是陸軍司令部司令或是某軍團指揮官，無論哪一種，在現今臺灣都算是公職，會依照「公務人員酒後駕車相關行政責任建議處理原則」進行懲處，若是酒駕未肇事可能從申誡 2 次到 1 大過，若是酒駕肇事，則依照情節記過、停職或免職，都是嚴厲的處分。

酒高陽池，日暮歸時倒接羅」、李白的〈襄陽曲〉「山公醉酒時，酩酊高陽下。頭上白接羅，倒著還騎馬」，甚至蘇軾詩中的「無弦且寄陶令意，倒載猶作山公看」[3]，與辛棄疾詞中的「昨夜山公倒載歸，兒童應笑醉如泥」[4]，歷代文學家都不斷傳唱著「山簡醉酒」的形象。

山簡不問世俗的眼光、不拘繁瑣的禮節，酩酊醉酒後騎馬，馬上說出的狂言豪語，都成為文學史上不斷再現的主題。不過，認真思考，他還是算酒駕啊！

醉臥「香車」君莫笑，古來「酒駕」幾人回

酒駕造成的影響是無法預測的，酒後的判斷力、思考力、空間感將無法控制地下降，但當下要不要喝酒、適不適合喝酒，則是自身可主動控制的。醫師提供臨床經驗與研究，公衛學者檢視酒駕相關的肇事與傷亡事件，並細緻地提出可接受的酒精濃度上限，法學專家則研究制定相關罰則，共通點都是希望能降低酒駕造成的影響。

此外，政策上分成許多層面，可以區分為肇事「前」預防與肇事「後」處罰。預防相當重要，因此，有警察攔檢、實施吐氣酒精測試，或前面提到針對吊銷駕照要重考者的「酒精鎖」，研究顯示，這些政策都能降低酒駕肇事的機率；萬一不幸肇事，為了防範下次再度酒駕，研究也發現，無論是吊銷、扣留駕照，或同時進行的強制課程與酒癮治療，都是有效

降低酒駕肇事的方法。退一步思考，在飲酒行為與影響、針對酒精的可得性方面制定一般性的政策，比如飲酒年齡使用限制或酒精價格、販售與行銷的規範限制等，也在科學證據中顯示是有效的。飲酒對社會造成的影響，除了交通事故外，也將提高家暴、性侵與打鬥鬧事等行為的機率，這些飲酒後對於他人造成的傷害與對社會的影響，每一項都不容小覷！

二〇一九年七月酒駕相關新制正式實施，包含汽機車駕駛人酒駕的罰鍰加重、同車乘客連坐處罰、加裝酒精鎖、自行車等慢車酒駕也訂立相關法條等，在在都是為了減少酒駕與其造成的傷害，前面分享的古人酒駕故事，其實都正呼應了今日的酒駕情形！

●●●● 參考資料

蔡中志，〈國人酒精濃度與代謝率及對行為影響之實驗研究〉，《警光雜誌》，二〇〇一年。

警政統計通報（一一〇年第二〇週），警政署統計室，二〇二一年。

法務部全國法規資料庫（https://law.moj.gov.tw/）。

（本篇特別感謝臺灣酒駕防制社會關懷協會審稿。）

後記・有幸撞見文學與醫學的相遇

作為醫療工作者，無論是在急診、門診或病房之中，都會看到各樣飲酒與酒癮者，在不同的喝酒或戒酒關卡中奮鬥著，而這些人，是不是同樣也在我們的生活周遭出現呢？飲酒者可能是家人偶爾提及的親戚，可能是帥氣的同學或活潑的同事；或因聚會而飲酒同歡，或因近來壓力大而伴酒入眠；飲酒可能是為了融入文化所做的選擇，也可能是同儕間、工作上的不得不然。相較於飲酒的好處，其可能造成的身心影響卻較少被談到，飲酒至酒精成癮的過程，則更是隱而未現，其中辛苦的不只自己，還有身旁的家人。

「成癮是腦部病變，是一種可被治療的疾病，其中，酒是人們日常生活中最常接觸的成癮物質。」這是現代科學理解「酒精使用」的方式，面對酒精成癮，醫學有評估、診斷與治療的方法；而文化中的「飲酒」則有所不同，以詩詞文學為例，文人附加了各種意涵，每個人往往有相似卻又多樣的體會。詩詞中的酒，扮演著迷人的情緒催化角色，而豐富的酒形象，則透過教育文化，至今仍為歌詠傳唱的主題。若由科學與文學角度分別觀察，似乎以文學解讀酒者眾，而從科學解讀酒者少，因此若能多分享醫學常識與基本科學概念，或許大家對於酒的理解能更平衡而多元。

寫作的一開始，來自於醫院內的教學活動，在討論「酒癮」主題時，若以當今社會個案為例，有透露個資或隔空診斷之嫌，苦惱之餘，聽到黃名琪醫師以陶淵明飲酒作為案例教材，才發現從大家熟悉的唐宋詩詞為討論對象，可說別有洞天。文人在詩詞中透露出來的訊息與情緒，不約而同與現代人有著深深的共鳴，於是，原先閱讀享受的詩詞，便成為探索飲酒的相應資料，雖然重新理解時需要花較多的時間，幸好，無論是閱讀或嘗試寫作，自己總是興致盎然。

在二〇二〇年三月的疫情之中，寫下了第一篇柳永，有幸得到「故事StoryStudio」芷嫣主編親自鼓舞，未能刊登卻獲得滿滿的修改建議，第二篇則寫了辛棄疾，獲得留稿與刊登後，便開啟了這兩年有空就寫的生活，感謝伊盈主編與編輯群對每一次投稿都細心加以編輯並提供反饋。

寫作成書的想法得以萌芽，則要特別感謝豐恩總編在故事活動中的關鍵勉勵。謝謝芳瑜主編的賞識，指點了由篇成冊的許多細節，也引領重新整理了篇目大綱，因此改寫既有篇章內容再增添新篇，才將這本書一步步完成。感謝特編的堅持，無論是章節一致性或文詞流暢度，她一點也不放過，段段多虧有她的細緻修改。雖然與美術設計吳郁嫻沒見過面，但才華洋溢的她讓整本書活出新生命。

感謝佳弘、章甯作為第一手試讀者，給予各方面最直接的感受與回饋，婉曦總是一針見血地給予文詞上的修正，祜銘與佩萱針對成癮科學的提出專業意見，萓靚提供專業翻譯建議與字詞斟酌，哲瑛分享如何查找各國相關研究論文，玉軒教導中文論文格式與標點符號使用，還有采薇、詩涵、丹妮、陳圓、王晴給予各種細緻的建議，有大家的幫忙，才能減少每一分的模糊或錯誤。更要謝謝黃名琪醫師對於成癮篇章的仔細勘誤，希望不會辜負期待。

最後，謝謝一年多來忙碌的自己，下班後的夜半時光還撐著寫下去，謝謝我的家人們，默默支持外，還常要被迫看完文章。

謝謝你的閱讀，期待下次見面。

註釋

楔子

從故宮國寶的發現談起
——三千年前就有的勸人戒酒文

1 李白〈將進酒〉。

2 孟浩然〈過故人莊〉。

3 王維〈渭城曲〉。

4 蘇軾〈水調歌頭．丙辰中秋，歡飲達旦，大醉，作此篇，兼懷子由〉。

5 我們要從《易經》的原理來解釋這些數字。六個數字，在《易經》上來看是一個卦象，一個數字代表一個爻，六個爻合成一個卦，這六個數字經過解密之後（解密的邏輯有點複雜，不過可以簡化想成奇數為陽、偶數為陰），成為「陰陽陰陰陽陽」，三個為一組，由上而下排列，上面「陰陽陰」是水，下面「陰陽陽」是澤，水澤合起來便是一個「節卦」。

第壹篇　將進酒

一

來嘗一口我釀的酒，這次保證不拉肚子！

——北宋文豪蘇軾釀的酒裡加了什麼？

1 〈桂酒頌〉：「中原百國東南傾，流膏輸液歸南溟。祝融司方發其英，沐日浴月百寶生。水娠黃金山空青，丹砂晨暾珠夜明。百卉甘辛角芳馨，旃檀沉水乃公卿。大夫芝蘭士蕙蘅，桂君獨立冬鮮榮。無所攝畏時靡爭，釀為我醪淳而清。甘終不壞醉不酲，輔安五神伐三彭。肌膚渥丹身毛輕，冷然風飛罔水行。誰其傳者疑方平，教我常作醉中醒。」

2 〈新釀桂酒〉：「搗香篩辣入瓶盆，盎盎春溪帶雨渾。收拾小山藏社甕，招呼明月到芳樽。酒材已遣門生致，菜把仍叨地主恩。爛煮葵羹斟桂醑，風流可惜在蠻村。」

3 〈寄建安徐得之真一酒法〉。

4 〈真一酒〉詩中自註：「頗類予在黃州日所醞蜜酒也。」

5 除此之外，蘇軾的好友也會用不同的食物釀酒。如安定郡王趙世準就用經洞庭湖運來的黃柑，加上稻穀與菅芒一起蒸熟，製好後送給他，他還為此作了〈洞庭春色詩〉與〈洞庭春色賦〉。到了定州，蘇軾以當地松木的松節與松膏（松脂油）加進黍麥一起蒸煮，製成美酒，雖然製成的酒略帶苦味，但他覺得比起容易酸敗的葡萄酒還好喝，於是寫下了〈中山松醪賦〉（〈洞庭春色賦〉與〈中山松醪賦〉書法合卷，現藏於中國吉林省博物院）。

6 〈題子明詩後〉。

7 〈縱筆三首〉之一。

8 〈題子明詩後〉。

9 〈書東皐子傳後〉。

10 黃庭堅〈題東坡字後〉。

11 〈湖上夜歸〉。

12 〈與臨安令宗人同年劇飲〉。

13 本文以口語的「重量」代替「質量」，重量與質量的換算於文中忽略不計，至於密度之定義應為一物質於單位體積下的質量。

14 《國民飲食指標手冊》（一〇七年十月出版）。

15 然近年來研究發現，適量飲酒具身體保護作用之證據力較為不足，亦即「適量喝酒有益健康」的說法較不符現今的研究結果。

二 史上最「仙」的品牌代言人——讓李白告訴你酒有多好喝！

1 〈將進酒〉：「君不見，黃河之水天上來，奔流到海不復回。君不見，高堂明鏡悲白髮，朝如青絲暮成雪。人生得意須盡歡，莫使金樽空對月。天生我材必有用，千金散盡還復來。烹羊宰牛且為樂，會須一飲三百杯。岑夫子，丹丘生，將進酒，杯莫停。與君歌一曲，請君為我傾耳聽。鐘鼓饌玉不足貴，但願長醉不復醒。古來聖賢皆寂寞，惟有飲者留其名。陳王昔時宴平樂，斗酒十千恣歡謔。主人何為言少錢，徑須沽取對君酌。五花馬，千金裘，呼兒將出換美酒，與爾同銷萬古愁。」

2 〈贈內〉。

3 〈下終南山過斛斯山人宿置酒〉。

4 〈山人勸酒〉。

5 〈對酒〉。

6 〈前有樽酒行二首〉之二。

7 〈嘲王歷陽不肯飲酒〉。

8 〈餞校書叔雲〉。

9 〈金陵酒肆留別〉。

10 〈魯郡東石門送杜二甫〉。

11 〈送殷淑三首〉之二。

12 〈送崔氏昆季之金陵〉。

13 〈送韓侍御之廣德〉。

14 〈送族弟單父主簿凝攝宋城主簿，至郭南月橋，卻回棲霞山，留飲贈之〉。

15 〈襄陽歌〉。

16 〈前有樽酒行二首〉之一。

17 〈宣城送劉副使入秦〉。

18 〈行路難三首〉之一。

19 〈少年行〉。

20 〈襄陽歌〉。

21 〈月下獨酌四首〉之二：「天若不愛酒，酒星不在天。地若不愛酒，地應無酒泉。天地既愛酒，愛酒不愧天。已聞清比聖，復道濁如賢。賢聖既已飲，何必求神仙。三杯通大道，一斗合自然。但得酒中趣，勿為醒者傳。」之三：「三月咸陽城，千花晝如錦。誰能春獨愁，對此徑須飲。窮通與修短，造化夙所稟。一樽齊死生，萬事固難審。醉後失天地，兀然就孤枕。不知有吾身，此樂最為甚。」之四：「窮愁千萬端，美酒三百杯。愁多酒雖少，酒傾愁不來。所以知酒聖，酒酣心自開。辭粟臥首陽，屢空飢顏回。當代不樂飲，虛名安用哉。蟹螯即金液，糟丘是蓬萊。且須飲美酒，乘月醉高臺。」

22 〈行路難三首〉之三。

23 〈將進酒〉。

24 〈陪侍郎叔遊洞庭醉後三首〉之一。

三

無奈！「白日放歌須縱酒」

——聊聊杜甫的各種人生壓力

1 〈自京赴奉先縣詠懷五百字〉。

2 「耽酒須微祿，狂歌託聖朝」（〈官定後戲贈〉）。

3 「入門聞號啕，幼子饑已卒。吾寧舍一哀，里巷

亦嗚咽。所愧為人父，無食致夭折。」（〈自京赴奉先縣詠懷五百字〉）

4 〈雨過蘇端〉。

5 〈因許八奉寄江寧旻上人〉。

6 〈上韋左相二十韻〉。

7 〈遣悶奉呈嚴公二十韻〉。

8 《黃帝內經・素問・痺論》：「黃帝問曰：痺之安生？岐伯對曰：風寒濕三氣雜至，合而為痺也。其風氣勝者為行痺，寒氣勝者為痛痺，濕氣勝者為著痺也。」

9 《黃帝內經・素問・風論》：「黃帝問曰：風之傷人也，或為寒熱，或為熱中，或為寒中，或為癘風，或為偏枯，或為風也，其病各異，其名不同。或內至五臟六腑，不知其解，願聞其說。岐伯對曰：風氣藏在皮膚之間，內不得通，外不得洩。風者，善行而數變，腠理開，則洒然寒，閉則熱而悶。其寒也，則衰食飲；其熱也，則消肌肉。故使人怢慄而不能食，名曰寒熱。」

10 〈小寒食舟中作〉。

四 北宋超偶只能「淺斟低唱」？

——柳永沒說出口的飲酒影響

1 葉夢得《避暑錄話》。

2 〈晝夜樂〉（秀香家住桃花徑）。

3 〈鳳棲梧〉（蜀錦地衣絲步障）。

4 〈少年遊〉（長安古道馬遲遲）。

5 〈鳳棲梧〉（佇倚危樓風細細）。

6 〈浪淘沙〉（夢覺）。

7 〈傾杯〉（水鄉天氣）。

8 〈夢還京〉（夜來匆匆飲散）。

9 〈過澗歇近〉（酒醒）。

10 〈戚氏〉（晚秋天）。

11 〈定風波〉（佇立長堤）。

12 〈傾杯〉（鶩落霜洲）。

13 〈滿江紅〉（萬恨千愁）。

14 〈鳳棲梧〉（佇倚危樓風細細）。

五

「淒淒慘慘戚戚」時該如何排煩解憂？
——李清照：「喝起來！」

1 于中航的《李清照年譜》將李清照的一生分做五期：少年時代（一～十七歲）、東都初婚（十八～二十三歲）、青州鄉居（二十四～三十七歲）、萊淄歲月（三十八～四十三歲）、漂泊江南（四十四歲之後）。

2 〈憶秦娥〉（臨高閣）。

3 〈醉花陰〉（薄霧濃雲愁永晝）。

4 〈蝶戀花〉（永夜懨懨歡意少）。

5 〈鷓鴣天〉（寒日蕭蕭上瑣窗）。

6 〈清平樂〉（年年雪裡）。

7 〈訴衷情〉（夜來沉醉卸妝遲）。

8 〈鷓鴣天〉（寒日蕭蕭上瑣窗）。

9 歷史中，女性也是飲酒的，宋代除了詞人李清照之外，尚有朱淑真，其詞作也常提到飲酒與醉酒，明清亦有女性嗜酒善飲的紀錄，文學中知名的還有《紅樓夢》第六十二回〈憨湘雲醉眠芍藥裀〉。然而，不管是文學戲劇、繪畫雕刻，傳統女性飲酒的形象甚少被描繪出來，或許傳統上女性飲酒會被貼上不受社會價值規範的標籤，容易歸類為負面形象。

10 衛生福利部國民健康署「國民飲食指標手冊」中建議：男性每日不超過五百毫升啤酒（或相當於二十克的酒精量），女性不超過二百五十毫升啤酒（或相當於十克的酒精量）。

六

「兒童相見不相識」的真正原因

——賀知章其實是個酒鬼？

1 杜甫〈飲中八仙歌〉：「知章騎馬似乘船，眼花落井水底眠。汝陽三斗始朝天，道逢麴車口流涎，恨不移封向酒泉。左相日興費萬錢，飲如長鯨吸百川，銜杯樂聖稱避賢。宗之瀟灑美少年，舉觴白眼望青天，皎如玉樹臨風前。蘇晉長齋繡佛前，醉中往往愛逃禪。李白一斗詩百篇，長安市上酒家眠。天子呼來不上船，自稱臣是酒中仙。張旭三杯草聖傳，脫帽露頂王公前，揮毫落紙如雲煙。焦遂五斗方卓然，高談雄辯驚四筵。」

2 〈題袁氏別業〉詩題或作〈偶遊主人園〉。

七

終究是錯付了！愛有多深傷就有多重

——破解李商隱的浪漫詞酒密碼

1 元好問〈論詩絕句三十首〉之十二：「望帝春心託杜鵑，佳人錦瑟怨華年。詩家總愛西崑好，獨恨無人作鄭箋。」

2 〈錦瑟〉：「錦瑟無端五十絃，一絃一柱思華年。莊生曉夢迷蝴蝶，望帝春心託杜鵑。滄海月明珠有淚，藍田日暖玉生煙。此情可待成追憶，只是當時已惘然。」

3 〈無題〉：「相見時難別亦難，東風無力百花殘。春蠶到死絲方盡，蠟炬成灰淚始乾。曉鏡但愁雲鬢改，夜吟應覺月光寒。蓬山此去無多路，青鳥殷勤為探看。」

4 〈無題〉：「重幃深下莫愁堂，臥後清宵細細長。神女生涯原是夢，小姑居處本無郎。風波不信菱枝弱，月露誰教桂葉香。直道相思了無益，未妨惆悵是清狂。」

第貳篇　將盡酒

八

若要當他的朋友，就等著被勸酒吧
——把勸酒寫成詩的白居易

1 方勺《泊宅編》。

2 〈酬哥舒大見贈〉。

3 〈花下對酒二首〉之二。

4 〈舒員外遊香山寺，數日不歸，兼辱尺書，大誇勝事。時正值坐衙慮囚之際，走筆題長句以贈之〉。

5 〈勸酒寄元九〉。

6 〈把酒思閑事二首〉之一。

7 〈酬寄牛相公同宿話舊勸酒見贈〉。

8 〈北園〉。

9 〈早秋晚望，兼呈韋侍郎〉。

10 〈眼病二首〉之二。

11 〈新亭病後獨坐招李侍郎公垂〉：「新亭未有客，竟日獨何為？趁暖泥茶灶，防寒夾竹籬。頭風初定後，眼暗欲明時。淺把三分酒，閒題數句詩。應須置兩榻，一榻待公垂。」

九

樹梢上也可以開喝！
——石曼卿千奇百怪的飲酒花招

1 這裡要詳加說明的是，宋朝大部分的酒精仍是以糯米、大米、果子釀造的低純度米酒、果子酒，純度換算成現代，大約五%（體積百分濃度），皆不到十%。雖然有蒸餾酒，但似乎尚不流行，詩詞中出現的「白酒」，應為酒色較清的黃酒。

2 李賀〈金銅仙人辭漢歌〉。

3 大體而言，長期酒精刺激會讓神經細胞負責接受酒精刺激的接受器總量下降，也會讓其敏感度降低，而這番質與量的改變，能減少等量酒精造成的神經傷害。

十

糖尿病患者除了少吃粥，還要注意什麼？——原來陸游為「它」改變了生活習慣

1 若簡單理解糖尿病的成因，在一般人吃東西之後，食物被消化分解而產生葡萄糖，葡萄糖從消化道經由血液運送至全身，同時刺激胰臟釋放胰島素，胰島素會幫助血液中葡萄糖進入身體各個細胞內，以產生能量。若是沒有胰島素（或身體細胞對胰島素不敏感），葡萄糖就難以被全身細胞吸收利用，於是血液中葡萄糖含量便無法下降，導致高血糖。當高血糖持續了一段時間，超過人體腎臟能回收的極限（一般人的尿液中不會有葡萄糖，身體將葡萄糖視為有用物質，由腎臟回收回血液之中），葡萄糖便會從血液中「滲」出為尿液，因此稱為糖尿病。

2 〈荔子絕句二首〉之二。

3 司馬相如，原名司馬長卿，為西漢辭賦家。《史記・司馬相如列傳》中提到：「相如口吃而善著書，常有消渴疾。」後世文人提及「消渴」症時，便常用「相如病」、「長卿病」等詞借代。此外因其曾任文園令，故後人也會以文園代指。

4 〈枕上偶成〉。

5 〈夜汲〉。

6 〈幽居〉。

7 〈溪上作二首〉之二。

8 〈晚步〉。

9 〈溪上小酌〉。

10 〈驛舍見故屏風畫海棠有感〉。

11 〈長歌行〉。

12 〈對酒〉。

13 《本草綱目・穀之四》：「米酒。主治：行藥勢，殺百邪惡毒氣。通血脈，濃腸胃，潤皮膚，散濕氣，消憂發怒，宣言暢意。」

14 飯前喝酒降低血糖，主要是因為酒精會讓糖質新生作用（gluconeogenesis）下降，也就是使蛋白質中的胺基酸（amino acid）和脂肪中的甘油（glycerol）代謝成葡萄糖的能力下降。同時，酒精會讓肝臟中的肝醣分解（glycogenolysis）能力下降，也就是讓肝醣分解成葡萄糖（glucose）的能力下降。人在空腹時血糖較低，需要透過以上兩種作用來維持血糖恆定，而使用酒精則會破壞以上平衡，當糖質新生作用與肝醣分解下降時，人體內的血糖就會更低。

15 飯後喝酒會刺激肝醣分解，讓肝醣分解成葡萄糖的能力上升，血糖因此增加；另外，酒精會降低脂肪與肌肉細胞對於血中葡萄糖的吸收，血糖無法被身體儲存利用，只好留在血中，也是血糖增加的原因。以上兩個原因都會讓飯後血糖更為升高。

十一

「謝謝再聯絡」還是「期待再相逢」？——辛棄疾究竟想對酒杯說什麼？

1 〈破陣子〉（醉裡挑燈看劍）。

2 〈浣溪沙〉（新葺茅檐次第成）。

3 〈驀山溪〉（飯蔬飲水）。

4 如〈清平樂〉（雲煙草樹）之詞序：「呈趙昌甫。時僕以病止酒，昌甫日作詩數遍，末章及之。」與〈水調歌頭〉（我亦卜居者）之詞序：「將遷新居不成，有感戲作。時以病止酒。」皆提到「以病止酒」。

5 當時流行的宋詞小令局限於篇幅，情感表達難以盡情，而長調的篇幅較廣，除了發出小令的幽微情思外，也能在有限篇幅中鋪陳事件，甚至諷諭寄懷。辛棄疾擅長長調，同時更實踐「以賦為詞」、「以文為詞」，將原先習慣以賦體、散文方式表現的主題，透過長調方式呈現，也就是「把古文手段寓之於詞」。賦中對話則是從荀子以降的傳統，長調引入賦體對答的方式，讓詞裡的主角由自言自語轉變成兩人對話，甚至與各種物體對話。

6 〈鷓鴣天〉（秋水長廊水石間）。

十二 醉翁之意不在酒的矛盾情懷

——歐陽脩的停酒妙計

1 〈鎮陽殘杏〉。

2 〈別滁〉。

3 「到今年才三十九，怕見新花羞白髮。」（〈病中代書奉寄聖俞二十五兄〉）。

4 〈答呂太博賞雙蓮〉。

5 〈寄聖俞〉。

6 〈伏日贈徐焦二生〉。

7 〈答梅聖俞莫登樓〉。

8 〈看花呈子華內翰〉。

9 〈謝觀文王尚書惠西京牡丹〉。

10 〈與王懿敏公〉：「中年衰病尤甚，自出試院，痛不能飲。」

11 〈乞外任第一劄子〉：「因此發動十年來久患眼疾。又為老年，全服涼藥不得，自深冬已來，氣暈昏澀，視物艱難。」

12 〈與王龍圖益柔，字勝之〉九通之七：「自春首已來，得淋渴疾，癯瘠昏耗，僅不自支。」

13 〈亳州乞致仕第四札子〉。

14 〈嘗新茶呈聖俞〉。

15 〈次韻再作〉。

16 唐代陸羽《茶經》、蘇敬《新修本草》中提到了茶的療效，這裡的治百病可能是利尿、止渴、治頭痛、乾眼，甚至可以緩解痔瘡、祛除疫病等。

17 〈感事〉詩中自註：「先朝舊例，兩府輔臣歲賜龍茶一斤而已。余在仁宗朝作學士兼史館修撰，嘗以史院無國史，乞降一本以備檢討，遂命天章閣錄本付院。仁宗因幸天章，見書吏方錄國史，思余上言，亟命賜黃封酒一瓶、果子一合、鳳團茶一斤。押賜中使語余云：『上以學士校新寫國史不易，遂有此賜。』然自後月一賜，遂以為常。後余忝二府，猶賜不絕。」

18 〈龍茶錄後序〉：「茶為物之至精，而小團又其精者，〈錄序〉所謂上品龍茶是也。蓋自君謨（蔡襄）始造而歲貢焉。仁宗尤所珍異，雖輔相之臣，未嘗輙賜。惟南郊大禮致齋之夕，中書樞密院各四人共賜一餅，宮人翦為龍鳳花草貼其上，兩府八家分割以歸，不敢碾試，相家藏以為寶，時有佳客，出而傳玩爾。至嘉祐七年，親享明堂，齋夕，始人賜一餅，余亦忝預，至今藏之。」

19 〈答聖俞〉。

十三 戒酒必經之路的挑戰

——回首梅堯臣的戒酒人生風景

1 錢鍾書《宋詩選註》。

2 〈飲酒呈鄰幾原甫〉。

3 〈永叔贈酒〉。

4 〈和江鄰幾有菊無酒〉。

5 〈感春之際，以病止酒，水丘有簡云，時雨乍晴物景鮮〉。

6 〈依韻和通判二月十五日雨中〉。

7 〈三月十四日汝州夢〉。

十四

斷酒藥方在哪裡？

——楊萬里如影隨形的煩惱

1 李白〈月下獨酌四首〉之一。

2 〈又自讚〉。

3 〈止酒〉：「止酒先立約，庶幾守得堅。自約復自守，事亦未必然。約語未出口，意已慘不驩。平生死愛酒，愛酒寧棄官。憶昔少年日，與酒為忘年。醉則臥香草，落花為繡氈。覺來月已上，復飲落花前。衰腸不禁酒，此事今莫論。因酒屢作病，自祟非關天。朝來腹告痛，飲藥痛不痊。銳欲絕伯雅，已書絕交篇。如何酒未絕，告至愁已先。我與意為仇，意慘我何便。不如且快意，伯雅再遣前。來日若再病，旋旋商量看。」

4 關於楊萬里的疾病，他曾多次提到不同疾病名，包含痔疾（〈送藥者陳國器〉）、淋疾（〈丙寅人日送藥者周叔亮歸吉水縣〉）、傷寒（〈罷丞零陵忽病傷寒，謁醫兩旬，如負擔者日遠〉）等，從詩中可看出多次就醫史與服藥經驗。

5 〈病中止酒二首〉之一。

6 〈端午病中止酒〉。

7 〈中秋病中不飲二首〉之一。

8 〈舟中新暑止酒〉。

9 〈和彭仲莊對牡丹止酒二首〉之二。

10 〈九日招子上、子西新酒，進退格〉。

11 〈罷丞零陵，忽病傷寒，謁醫兩旬，如負擔者，日遠日重，改謁唐醫公亮，九日而無病矣。謝以長句〉。

12 〈和仲良春晚即事五首〉之二。

尾聲

沒想到大家都學我

——陶淵明帶大家一起對酒宣戰！

1 《晉書·陶潛傳》：「執事者聞之，以為彭澤令。

在縣，公田悉令種秫穀，曰：『令吾常醉於酒足矣。』妻子固請種粳。乃使一頃五十畝種秫，五十畝種粳。素簡貴，不私事上官。郡遣督郵至縣，吏白應束帶見之，潛歎曰：『吾不能為五斗米折腰，拳拳事鄉里小人邪！』義熙二年，解印去縣，乃賦〈歸去來〉。」

2 〈歸園田居五首〉之一。

3 〈責子〉。

4 陸游〈幽居即事〉。

5 張耒〈止酒贈郡守楊環寶〉。

6 韓愈〈遊城南十六首・遣興〉：「斷送一生惟有酒」；〈贈鄭兵曹〉：「破除萬事無過酒。」。

特輯

將禁酒

——古人也酒駕！文學家的酒駕排行榜前五名

1 劉義慶《世說新語・任誕》中，提到形容山簡醉酒的這段歌謠：「山公時一醉，徑造高陽池。日莫倒載歸，茗艼無所知。復能乘駿馬，倒箸白接䍦。舉手問葛彊，何如并州兒？」然文字和《晉書》有些許不同，蓋因口耳相傳，可互相作為參考。

2 漢初酈食其對劉邦自稱「高陽酒徒」，讓劉邦接見了他。其後，高陽酒徒便用來指嗜酒而放蕩不羈的人，高陽也成為酒的代稱。

3 蘇軾〈歐陽晦夫遺接䍦琴枕，戲作此詩謝之〉。

4 辛棄疾〈定風波〉（昨夜山公倒載歸）。

酒癮小測驗

——瞧瞧你是哪位詩詞文人？

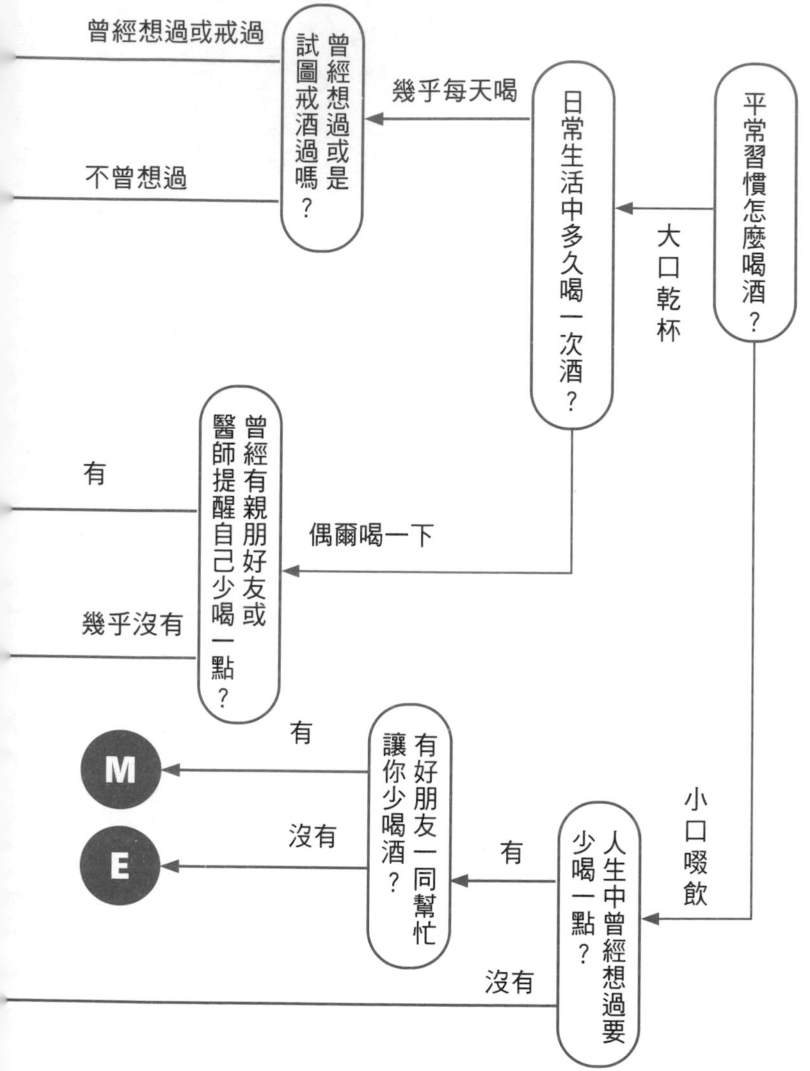

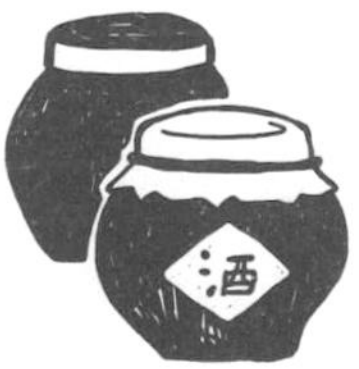

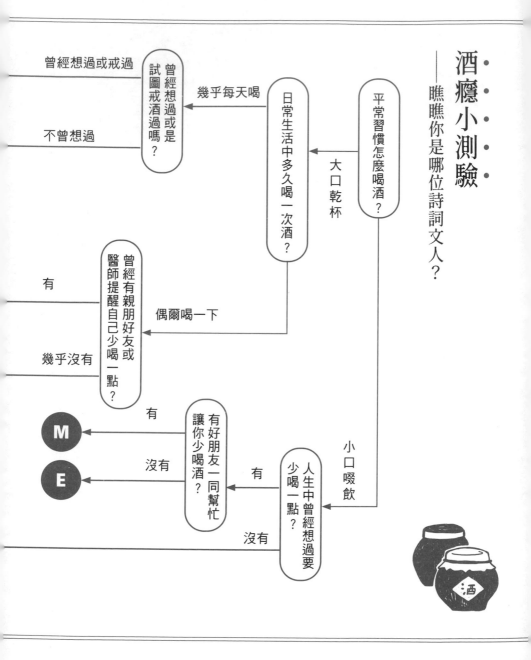

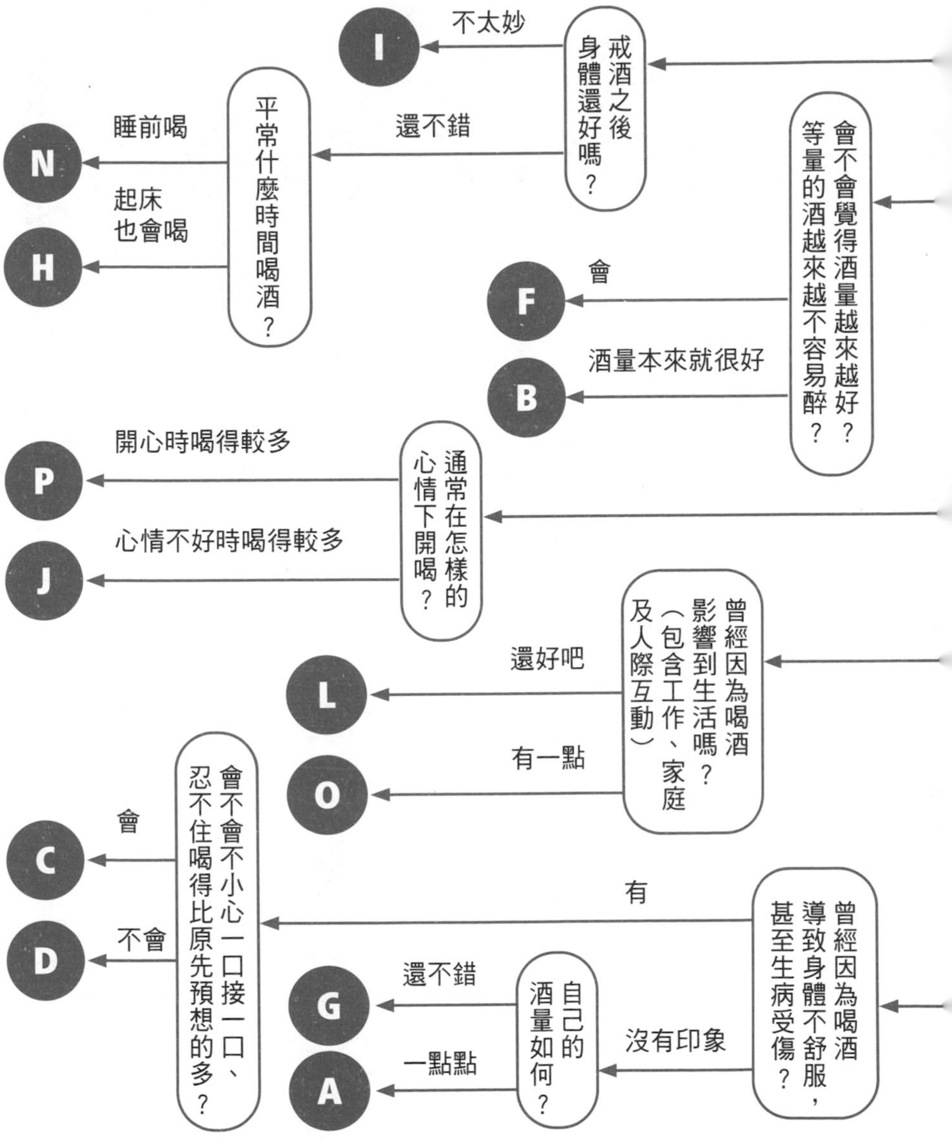

戒酒之後身體還好嗎？
不太妙
I
還不錯
平常什麼時間喝酒？
睡前喝
N
起床也會喝
H
會不會覺得酒量越來越好？等量的酒越來越不容易醉？
會
F
酒量本來就很好
B
通常在怎樣的心情下開喝？
開心時喝得較多
P
心情不好時喝得較多
J
曾經因為喝酒影響到生活嗎？（包含工作、家庭及人際互動）
還好吧
L
有一點
O
曾經因為喝酒導致身體不舒服，甚至生病受傷？
有
會不會不小心一口接一口、忍不住喝得比原先預想的多？
會
C
不會
D
沒有印象
自己的酒量如何？
還不錯
G
一點點
A

答案

A 蘇軾

B 李白

C 杜甫

D 柳永

E 李清照

F 賀知章

G 李商隱

H 白居易

I 石曼卿

J 陸游

L 辛棄疾

M 歐陽脩

N 梅堯臣

O 楊萬里

P 陶淵明

聯經文庫
文豪酒癮診斷書

2021年12月初版
2023年4月初版第三刷
有著作權・翻印必究
Printed in Taiwan.
定價：新臺幣360元

著者　廖泊喬
叢書主編　林芳瑜
特約編輯　東林
美術設計　吳郁嫻

副總編輯　陳逸華
總編輯　涂豐恩
總經理　陳芝宇
社長　羅國俊
發行人　林載爵

出版者　聯經出版事業股份有限公司
地址　新北市汐止區大同路一段369號1樓
叢書主編電話　(02)86925588轉5318
台北聯經書房　台北市新生南路三段94號
電話　(02)23620308
郵政劃撥帳戶第0100559-3號
郵撥電話　(02)23620308
印刷者　文聯彩色製版有限公司
總經銷　聯合發行股份有限公司
發行所　新北市新店區寶橋路235巷6弄6號2樓
電話　(02)29178022

行政院新聞局出版事業登記證局版臺業字第0130號

本書如有缺頁，破損，倒裝請寄回台北聯經書房更換。
ISBN 978-957-08-6134-1 (平裝)
聯經網址：www.linkingbooks.com.tw
電子信箱：linking@udngroup.com

國家圖書館出版品預行編目資料

文豪酒癮診斷書/廖泊喬著．初版．新北市．聯經．
2021年12月．288面．14.8×21公分（聯經文庫）
ISBN 978-957-08-6134-1（平裝）
[2023年4月初版第三刷]

1.中國文學　2.文學評論　3.飲酒

820.7　　110019775